Le Livre de Poche Jeunesse

Les cinq écus de Bretagne

Évelyne Brisou-Pellen

Évelyne Brisou-Pellen a passé sa petite enfance au Maroc. Aujourd'hui, elle vit en Bretagne – région dont elle est originaire –, avec sa famille. Après des études de lettres, elle se destinait à l'enseignement lorsqu'elle se découvrit une passion pour l'écriture... passion qui ne s'est jamais démentie et à laquelle elle se consacre désormais à plein temps. Elle aime explorer dans ses romans des territoires chaque fois différents.

Du même auteur :

- La vengeance de la momie
- Les enfants d'Athéna
- Le fils de mon père
- Une croix dans le sable
- L'année du deuxième fantôme
- Les portes de Vannes
- L'héritier du désert
- Deux graines de cacao

Évelyne Brisou-Pellen

Les cinq écus de Bretagne

Illustrations :
Bruno Pilorget

Pour Annie et Louis,
Catherine, Isabelle et Romain

Avec ma gratitude à Jean-Pierre Leguay pour ses travaux sur les villes bretonnes, auxquels ce roman doit beaucoup.

1

Le miseur de la ville de Rennes

À l'entrée de la rue du Four-au-Chapitre, elle s'arrêta. Elle paraissait n'avoir pas plus de douze ou treize ans. D'un geste machinal, elle tira sur le bas de sa chemise de garçon, puis frotta sa main gauche contre ses chausses. Son regard parcourut les enseignes de fer qui s'étaient immobilisées dans la chaleur de l'après-midi. Tout était désert.

C'était une belle rue, une rue de quartier riche. Les pavés semblaient agencés avec grand soin, et le ruisseau d'eaux usées qui courait au milieu ne charriait aucun détritus.

Serrant son poing sur le petit sac de toile qu'elle

portait à bout de bras et qui contenait tout son avoir – une robe bleue, une cape de drap et cinq embouts de flèches en fer –, elle demeura un long moment sans bouger. Enfin elle décida d'avancer de quelques pas dans la rue. C'est alors qu'elle aperçut l'enseigne du mercier, au-dessus de laquelle étaient découpés dans le métal les mots LES CINQ ÉCUS DE BRETAGNE.

Elle resta là, à la contempler fixement. Puis ses yeux examinèrent la façade de la boutique, d'un vert sombre. Les volets étaient fermés. Elle parut d'abord hésiter sur la conduite à tenir, puis s'avança d'un pas ferme sur le pavé, enjamba le maigre filet d'eau et frappa à la porte close.

Il ne se passa rien. Successivement, la jeune fille interrogea du regard le volet de la boutique et la porte voisine. Elle frappa de nouveau. La porte ne s'ouvrit pas, ni le volet, mais une voix soudain lui parvint d'en haut :

« C'est fermé, voyons ! »

Elle leva la tête d'un mouvement de surprise inquiète, et recula un peu.

« C'est fermé ! Ne savez-vous point que nous sommes dimanche ? Revenez demain.

— Monsieur, osa la jeune fille d'une voix mal assurée, il faut que je vous parle.

— Cela ne peut-il attendre ?

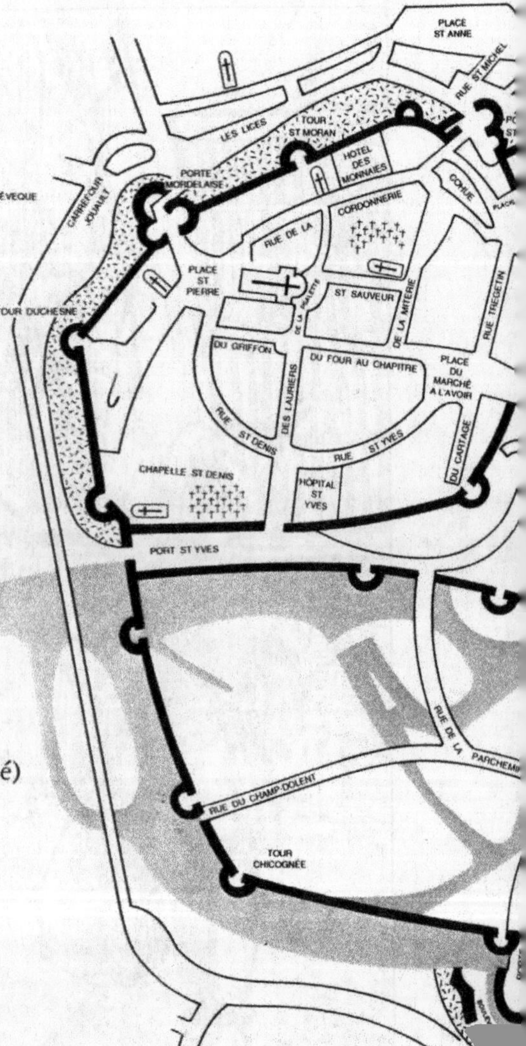

RENNES
xve siècle (2e moitié)

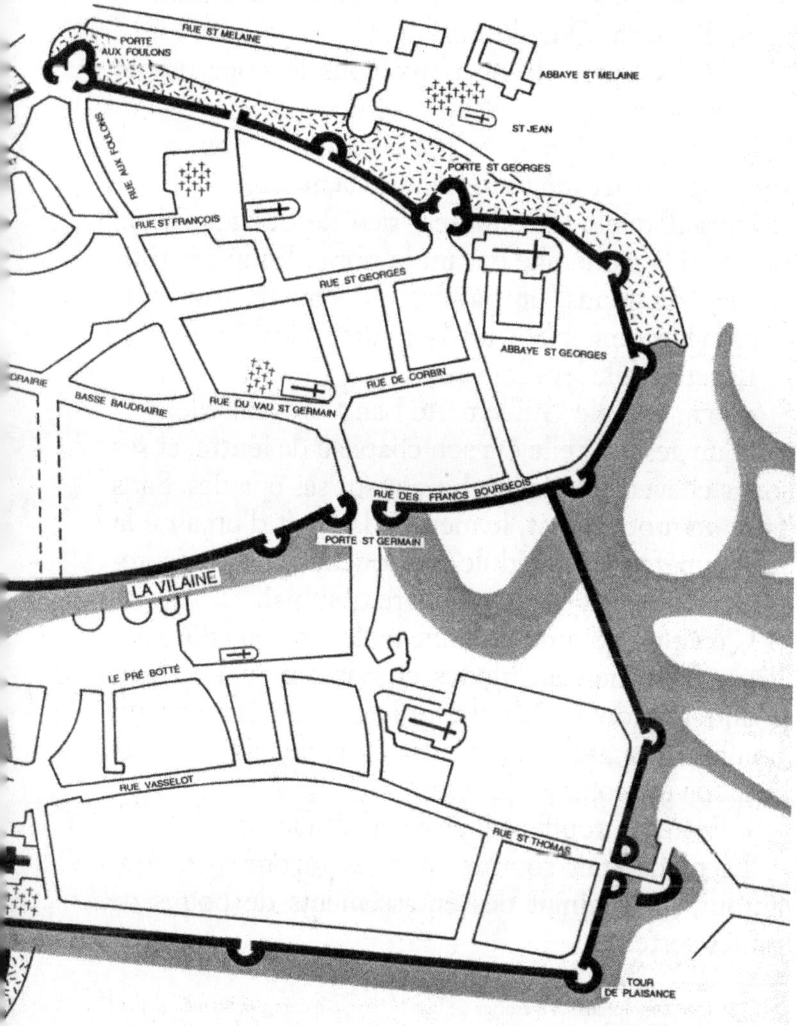

RUE ST MELAINE
PORTE
AUX FOULONS
ABBAYE ST MELAINE
ST JEAN
RUE AUX FOULONS
PORTE ST GEORGES
RUE ST FRANÇOIS
RUE ST GEORGES
ABBAYE ST GEORGES
RUE DE CORBIN
BASSE BAUDRAIRIE
RUE DU VAU ST GERMAIN
RUE DES FRANCS BOURGEOIS
PORTE ST GERMAIN
LA VILAINE
LE PRÉ BOTTÉ
RUE VASSELOT
RUE ST THOMAS
TOUR
DE PLAISANCE

— Vous êtes bien messire Boisguérin, le miseur[1] ?

— Bien sûr. Que désirez-vous ?

— C'est que... je ne peux vous le crier par la fenêtre. »

L'homme, qu'on arrachait à sa sieste, poussa un soupir et disparut à l'intérieur de la maison.

Durant quelques minutes, rien ne bougea. Ni la porte, ni la jeune fille devant la porte. Enfin un grincement de gonds, un battant qui s'ouvre, trou noir dans la façade sombre, un long surcot de velours vert.

La jeune fille leva les yeux.

« Je m'appelle Guillemette Landais », dit-elle.

D'un geste vif elle ôta son chapeau de feutre, et ses longs cheveux clairs tombèrent sur ses épaules. Sans faire un mouvement, le mercier la fixait d'un air à la fois stupéfait et incrédule. Sa bouche s'ouvrit légèrement. On aurait dit que sa lèvre tremblait.

C'était un homme de haute taille, un peu voûté par l'âge. Des cheveux blancs et gris, un regard bleu d'une grande fraîcheur, qui surprenait chez un homme exerçant la difficile fonction de miseur d'une grande ville comme Rennes.

« Entrez », souffla-t-il enfin en s'effaçant.

La pièce était sombre. Sur les rayonnages, tout autour, on devinait des entassements de boîtes de toutes sortes.

---

1. *Miseur* : comptable et trésorier de la ville (ce qui n'était pas un métier, mais une fonction bénévole, assurée très souvent par un membre de la confrérie des Merciers).

« Excusez-moi, reprit l'homme en portant sa main à son front. C'est stupide... un instant, j'ai cru... c'est stupide. »

Il paraissait désemparé. Enfin, il eut un mouvement de tête, comme pour se moquer de lui-même, et sourit.

« C'est à cause de votre nom.

— Je porte le même que ma grand-mère, expliqua la jeune fille sans le quitter des yeux.

— Guillemette Landais... », répéta l'homme d'une voix sans timbre.

Il passa de nouveau ses mains sur son visage et reprit :

« Ainsi, vous êtes la petite-fille de Guillemette... Depuis tout ce temps...

— Ma grand-mère est morte l'an dernier, messire Boisguérin.

— Elle est... »

Il hocha la tête. Une tristesse était passée dans le regard bleu.

« C'est notre lot à tous », murmura-t-il.

Il baissa les yeux, comme s'il n'y avait plus rien à dire. Un court moment, la jeune fille resta à l'observer, avant de prononcer d'une voix volontairement calme et posée :

« Messire Boisguérin, croyez que j'ai beaucoup hésité avant de venir, mais toute ma vie dépend aujourd'hui de vous. »

Le mercier releva des yeux surpris sur son interlocutrice, tandis qu'elle continuait :

« Ma grand-mère est morte, messire, et mon père aussi.

— Votre père... »

La mâchoire de la jeune fille se crispa un peu. Le ton du vieil homme s'était fait interrogatif. Elle dit :

« C'est tout, messire Boisguérin. Ils étaient ma seule famille, avec vous.

— ... Que voulez-vous dire ?

— Messire Boisguérin, mon père Philippe était le fils unique de Guillemette Landais. Unique, vous comprenez ? Jamais elle n'a eu d'autre enfant, jamais elle ne s'est mariée. »

On sentait que la jeune fille essayait de garder un ton uni, de modérer ses paroles. L'homme, lui, plissait un front soucieux, comme s'il faisait un effort pour comprendre ce qu'il entendait.

« Elle ne s'est jamais mariée ?

— Je crois, reprit la jeune fille avec l'hésitation de qui n'est pas sûr de devoir parler, qu'elle n'a jamais aimé que vous. Je ne peux pas juger... Je ne sais pas pourquoi vous avez fait cela... Sans doute ne l'aimiez-vous pas assez...

— Comment cela... Fait quoi ?

— L'abandonner quand vous avez su qu'elle attendait un enfant. Elle ne m'en a parlé qu'une fois, voyez-vous, mais elle en pleurait encore. »

L'homme la regardait étrangement. La jeune fille ajouta :

« Vous lui avez dit que vous ne vouliez pas l'épouser, et elle est partie. Ma grand-mère a toujours été une femme discrète et soumise. Sans doute ne savez-vous pas ce qui s'est passé ensuite : elle a quitté Rennes et s'est réfugiée auprès de son oncle à Fougères. C'est là que son bébé est né... votre fils Philippe. »

Appuyé de la main sur le comptoir de bois, le mercier considérait maintenant la jeune fille avec une expression indéfinissable, entre peine et stupeur.

« Rassurez-vous, reprit-elle aussitôt, de peur de l'avoir fâché, ma grand-mère n'a jamais prononcé votre nom : elle parlait seulement du “père de Philippe”. Elle n'a jamais eu une parole contre vous.

— Alors, comment êtes-vous ici ?

— C'est mon père, qui a découvert qui était son propre père. Il a cherché longtemps... Mais c'était simple curiosité, il ne voulait pas vous causer d'ennui. Sans doute est-il pénible d'ignorer de qui on est né. »

Comme l'homme la fixait toujours sans rien répondre, elle reprit :

« Il m'a dit... – elle s'arrêta, respirant fortement pour empêcher toute émotion – ... Il faut que vous sachiez pourquoi il me l'a dit : mon père était garde au château de Fougères. Un soir, on l'a ramené dans la salle des gardes. Il saignait de partout. Cinq coups d'épée au moins. Alors, je crois qu'il s'est vu mourir, et qu'il a eu peur pour moi. Peur de me laisser seule. Il m'a dit : "Va à Rennes. Vois le miseur Boisguérin. Il est mercier. C'est lui ton grand-père." »

Le mercier ouvrit sa main, comme s'il allait prendre la parole, puis y renonça.

« Vous pouvez me renvoyer, messire Boisguérin, mais vous êtes ma seule famille, et je n'ai pas encore treize ans.

— Oui... oui... non, je ne sais. Enfin, vous n'avez personne d'autre, vraiment ?

— Personne.

— Bon. Enfin... bon. »

L'homme paraissait maintenant en proie à une grande agitation. Ses doigts griffaient les rouleaux de tissu étalés sur le comptoir. Il se mit à arpenter la pièce d'un air absent, avant de s'immobiliser enfin et de se tourner d'un bloc vers la jeune fille :

« Ainsi, votre père est mort. Vous m'avez parlé d'épée... Je n'ai pourtant point entendu que le château de Fougères eût été attaqué récemment.

— Il ne l'a point été. Mon père aurait volontiers donné sa vie pour défendre le château, mais ce n'est pas de cela qu'il est mort. »

Elle baissa la voix, avalant sa salive avec difficulté :

« En traversant la forêt. Des bandits de grand chemin.

— Les routes sont peu sûres, dit machinalement le mercier.

— Il n'est donc jamais arrivé à Rennes... C'est pourquoi vous ne l'avez point vu.

— Comment... Il venait me voir ?

— Il vous avait écrit pour vous prévenir, c'est ce qu'il m'a dit. »

La fin de la phrase semblait contenir une interrogation. Un bref éclair passa dans les yeux de l'homme. Il noua ses mains dans son dos et recommença de marcher de long en large d'un air soucieux, avant de reprendre :

« C'est bon. C'est bon. Nous allons... Il faut que je réfléchisse, comprenez-vous ? Je ne peux... Enfin, vous allez rester ici pour l'instant, et puis nous aviserons. Avez-vous des bagages ?

— Juste un sac », bredouilla la jeune fille d'un air soulagé.

L'homme l'observait maintenant d'un œil critique. Il dit :

« Vos vêtements... ne sont-ce pas des habits de garçon ?

— Si fait, messire. Mais c'est juste pour voyager, souffla la jeune fille en rougissant un peu.

— Hum... Il me semble que l'Église désapprouve ce genre de travesti. »

Le ton n'était pas sévère. L'homme semblait énoncer une vérité à laquelle il n'adhérait pas forcément.

« Je ne voudrais pas vous faire honte. Excusez-moi. »

L'homme haussa les épaules.

« Je suppose que les routes sont encore moins sûres pour une jeune fille. Vous n'avez pas fait le voyage seule, tout de même ?

— Au début si. Je suis allée à pied, en coupant à travers champs et bois, jusque chez les religieuses de Saint-Sulpice dans la forêt. C'est là que j'ai couché. Le lendemain, les religieuses m'ont confiée à deux compagnons fondeurs, qui venaient à Rennes pour couler une grosse cloche pour le beffroi.

— Hum... oui, je vois. La fameuse cloche. C'est un souci de temps de paix, n'est-ce pas ? ... fondre des cloches... Une grosse cloche pour le beffroi de la tour Saint-James. Puisse-t-elle témoigner vraiment d'une paix durable ! »

L'homme secoua la tête avec lassitude.

« La vie est compliquée, ma petite, plus compliquée qu'il n'y paraît. »

Parlait-il pour la cloche ? Pour lui, pour elle, pour le passé ? Son ton était doux, un peu désenchanté, presque serein. La jeune fille rencontra son regard. Ils se sourirent.

La porte de la petite chambre se referma, et le pas lourd de l'homme redescendit l'escalier. Un long moment, le regard de Guillemette fit le tour de la pièce, mais sans rien voir vraiment. Enfin, elle posa légèrement sa main sur l'épais matelas, caressa la couette, douce et souple, repliée avec soin, le traversin de plume... Donc, c'était fini. Et elle se sentait l'esprit confus. Non, pas confus : vide. Trois coffres, contre le mur, luisaient doucement. Les toucher ? Pas encore. Tout cela restait irréel, trop beau pour la simple fille de garde qu'elle était. Bientôt peut-être elle s'éveillerait, et tout cela s'évanouirait.

Était-ce bien elle, là, auprès d'un lit magnifique qui trônait au centre de la pièce, un lit à baldaquin, avec un vrai ciel de lit, de serge écrue, des rideaux de la même teinte ?... Une chambre qu'elle occuperait seule. Un lit qu'elle occuperait seule. Un homme si riche ! Elle ne savait plus où elle en était. Des jours, des nuits qu'elle songeait à cet instant, et rien ne s'était déroulé comme elle l'avait cru : ni les mots, ni l'homme. Mais c'était terminé, sa peur était passée. Passée ? Il lui restait au cœur comme un sentiment d'angoisse, quelque chose qu'elle ne comprenait pas... Peut-être parce qu'il ne l'avait ni serrée dans ses bras, ni jetée dehors. Mais quand il lui avait souri, elle s'était sentie bien. Que pouvait-on comprendre d'un homme comme lui ?

Aux portes de la ville, lorsqu'elle avait appris, en demandant sa route, que le miseur n'était pas marié, tout ou presque lui avait semblé résolu, car c'était le seul obstacle qu'elle avait imaginé : si l'homme avait eu femme et enfants, comment aurait-elle pu se présenter ?

Tout s'était bien passé. Alors, qu'y avait-il à craindre ? Il ne fallait plus penser. Guillemette s'approcha de l'étroite fenêtre, qui dessinait ses barreaux sur le plancher, comme pour l'appeler vers le soleil.

« Reposez-vous, avait-il dit. Je vous enverrai chercher pour le repas. Lucasse, ma servante, ne va pas tarder. »

Ainsi, il n'était pas marié, Mais alors... pourquoi n'avoir pas épousé sa grand-mère, qui attendait un enfant de lui ? Après tout, il y avait mille raisons possibles, d'autant que, trente-sept ans auparavant, le mercier ignorait forcément qu'il ne se marierait jamais. Il fallait croire que Guillemette Landais n'était pas une femme pour lui.

La jeune fille toucha du bout du doigt le riche carreau de verre. En bas, la rue n'était pas trop étroite, mais au niveau des étages, qui s'avançaient au-dessus, bien en avant des pas-de-porte, elle n'était plus qu'un mince couloir. Juste devant sa fenêtre, à une longueur de lance à peine, s'ouvrait la fenêtre de la maison d'en face. On n'y voyait personne.

Le regard de Guillemette redescendit vers la rue, et la suivit un peu sur la droite. Sous le porche, de l'autre côté, il lui sembla distinguer une grosse femme assise à l'ombre, et qui regardait dans la direction de la maison du mercier.

2

Philippa

« Ah, Lucasse ! »

Le miseur Jamet Boisguérin se précipita vers l'entrée de la boutique, pour ouvrir la porte à sa servante. On n'avait pas encore allumé les chandelles, et la pièce était sombre.

« Lucasse, répéta le miseur avec nervosité, j'avais grand-hâte que tu arrives ! »

La servante, aussi grande et forte que son maître, glissa vers ce dernier un regard surpris, et, d'étonnement, en oublia de pousser le traditionnel soupir qui accompagnait le dépôt sur le plancher de tous les paniers qu'elle rapportait de la campagne.

« J'ai eu trois livres de beurre et deux oies grasses,

commença-t-elle machinalement, sans quitter son maître de l'œil.

— Lucasse, interrompit Jamet Boisguérin d'un ton agacé, tu me parleras de provisions de bouche plus tard. Pour l'heure, j'ai à t'entretenir de choses importantes.

— Ah ! » lâcha la servante en se laissant tomber sans façon sur le banc de bois.

Si elle était curieuse des nouvelles qu'on lui promettait, elle ne le laissa aucunement paraître, se contentant de croiser ses mains sur ses genoux, en penchant un peu la tête, dans une attitude simplement attentive. C'est qu'elle connaissait bien son maître et son caractère impulsif : sa mère était la nourrice de Jamet, et ils avaient donc été élevés ensemble, s'étaient partagé le même lait, rendu les coups de pied et fait les mêmes bêtises.

« Cet après-midi, commença Jamet Boisguérin, none[1] n'avait pas sonné qu'on toque à l'huis. D'abord, je vois un garçon, mais non ! c'est une fille ! Treize ans à peine. Elle me dit... Ah ! j'en suis encore tout pantelant. Elle me dit... ouvre bien tes oreilles...

— Allez donc, je les ouvre.

— Elle me dit : “Vous êtes bien le miseur Boisguérin ? Je m'appelle Guillemette Landais.” »

Là, la servante parut s'arrêter franchement de res-

---

1. *None* : neuvième heure du jour (en milieu d'après midi).

pirer. Jamet laissa avec satisfaction la phrase faire son effet, avant de poursuivre :

« Et la suite vaut le début. Je ne saurais répéter au juste, mais le sens exact est : “Vous êtes mon grand-père, et ma seule famille, car je n’ai aujourd’hui plus que vous au monde.” »

Lucasse demeura immobile, sans mot dire, comme si les phrases mettaient du temps à s’imprimer dans son esprit.

« Va doué ! » lâcha-t-elle enfin.

Et ce simple soupir semblait résumer l’histoire de toute une vie qui revenait à la surface, un passé jamais refermé dont ils avaient été les acteurs, victimes ou bourreaux.

« Qu’allez-vous faire ? s’inquiéta-t-elle.

— À ton avis ?

— Peut-être faut-il bien réfléchir. Ne croyez-vous pas que si on sait...

— Pourquoi t’imagines-tu que je te consulte ? Il faut tout peser.

— Est-ce qu’il ne vaudrait pas mieux...

— À ton avis ?

— Cessez de me demander toujours mon avis !

— Voyez-vous cela ! Quand tu refuses de t’engager dans une décision, tu voudrais bien que je ne te le demande pas. Et quand je ne te demande rien, tu ne te prives pas de me le donner.

— Est-ce à la servante de commander ?

— Me voilà bien aise de te l'entendre dire, tout à coup. Je saurai te le retourner en temps voulu, mais ne joue pas ce jeu-là avec moi, je te prie. »

Il se redressa et lança d'une voix où perçait la colère :

« Puisque c'est ainsi, je ne te demande rien, je vais te dire ce que j'ai décidé : elle va rester ici. Je la garde, et c'est tout.

— Et puisque vous ne me demandez rien, reprit Lucasse un ton au-dessus, je vais vous dire que vous allez vous mettre dans les ennuis.

— Et alors ? Toi, tu n'aurais pas fait comme cela ?

— Si ! cria la servante. Exactement pareil. »

Un court silence salua la réplique, puis Jamet Boisguérin secoua la tête en soupirant. Alors Lucasse demanda :

« Elle est ici ?

— Elle est ici. Je lui ai donné la chambre du haut, sur la rue. »

Lucasse se retint de faire remarquer que tout semblait donc bien décidé avant qu'elle n'arrive, et s'enquit :

« Comment est-elle ?

— Ma foi, je ne m'y connais pas vraiment en fillettes...

— Mais encore ?

— Celle-ci m'a paru mignonnette, point trop timide mais pas non plus vraiment effrontée, juste un peu vive... mais peut-être est-ce là plus une qualité qu'un défaut. Non, à tout dire, elle ne m'a point déplu... Le problème, c'est que je n'ai aucune idée sur la façon d'élever une fillette de treize ans. »

Lucasse haussa les épaules.

« Les autres le font bien !

— Les autres sont habitués.

— Allons donc ! Habitués à quoi ? Rien ne change plus vite que l'âge des enfants.

— Tout de même, quand on les voit grandir, on sait s'y prendre.

— On ne le croirait pas, à entendre les parents se plaindre sans cesse. Croyez-moi, chacun fait ce qu'il peut, et tâtonne.

— J'ai peur que ce ne soit bien compliqué. Je ne possède aucun principe d'éducation.

— Faisons donc comme tout le monde, monsieur mon maître, laissons venir. »

Le miseur ne releva pas la légère moquerie que Lucasse mettait toujours dans « monsieur mon maître », pour ne retenir que le pluriel « laissons venir ». Donc, Lucasse était d'accord. Et si Lucasse était d'accord, le plus dur était fait.

Des coups, des coups. À chaque coup jaillissait le sang. Les gouttes ne tombaient pas, les taches s'élargissaient silencieusement sur la chemise claire. Des coups. Guillemette s'assit brutalement. Les larmes ruisselaient sur son visage. Pourquoi avait-on tué son père ? Il n'avait même pas la moindre piécette sur lui !

Elle réalisa qu'elle ne se trouvait plus dans la chambre des servantes du château. Elle était là, dans la maison. Elle s'était endormie sur le coffre de bois. Elle était seule, et l'angoisse lui étreignait le cœur. Seule, pour la première fois de sa vie. Jusqu'à présent, elle avait toujours dormi avec sa grand-mère, ou avec les servantes. Peut-être la solitude était-elle la source de son angoisse. Des coups. On frappait à sa porte.

« Oui... » dit-elle d'une voix étranglée.

Et soudain, il se fit dans son esprit une association affreuse entre ces coups frappés et la mort de son père.

La porte ne s'ouvrit pas. Seule, la voix du mercier :

« Nous souperons après vêpres[1]. Cela vous laisse un petit moment avant de descendre.

— Je vous remercie », bredouilla Guillemette sans arriver à retrouver un ton normal.

Une à une, les marches de l'escalier de bois craquèrent lourdement. Le sang sur la chemise de son père. Les coups à la porte. Cette maison...

Guillemette ouvrit la bouche et aspira le plus possible d'air, ce qui lui provoqua presque un sanglot, puis elle essuya ses joues humides et regarda vers la

1. *Vêpres* : vers la fin de la journée.

rue. Était-il si tard ? On aurait dit qu'il faisait presque nuit. Il fallait se reprendre.

Elle se leva lentement et ouvrit la fenêtre avec précaution, comme si elle craignait de la casser. La fenêtre d'en face était fermée, mais une lumière vacillante éclairait l'intérieur, révélant un jeune profil, penché sur un ouvrage clair.

Il n'était pas si tard, puisque l'heure des vêpres n'était pas passée, mais des nuages sombres avaient obscurci le ciel. Un orage, sans doute ? Comme en réponse, de grosses gouttes s'écrasèrent sur les pavés, séchant aussitôt. Quelques gouttes seulement. De nouveau, Guillemette s'obligea à respirer profondément. Toujours cette petite angoisse. Et si elle repartait ? Elle avait dit à messire Boisguérin qu'elle n'avait plus que lui, mais c'était vrai et faux. Elle pourrait se débrouiller seule, à treize ans bientôt, et reprendre son service au château. Elle pourrait faire un effort, se trouver enfin du goût pour la lessive et le ravaudage...

Non, elle était partie, elle ne retournerait pas au château, même si elle y avait des amis, même si elle n'y était pas mal traitée. Elle avait fait la démarche de venir à Rennes, elle avait parlé à messire Boisguérin. C'était fait : elle resterait s'il voulait toujours bien d'elle.

Elle respira par la fenêtre. L'angoisse, c'était peut-être à cause de cette rue serrée, de ces espaces minuscules. Une chambre qui n'était qu'à elle, mais dont elle voyait les murs de trop près. Des fenêtres du château, on dominait toute la campagne jusque là-bas, si loin, la rivière qui sinuait, la forêt où elle chassait avec son père...

Elle n'allait pas se remettre à pleurer. Elle respirerait aussi en ville, et c'est bien pour cela qu'elle avait laissé son arc pendu au mur du château, et c'est pour cela qu'elle ne mettrait plus son costume de garçon. L'arc et les habits d'homme, c'était son autre vie, la vie avec son père. Elle entrait aujourd'hui dans un nouveau temps.

D'un mouvement décidé, elle ôta sa tunique et ses chausses, et passa la seule et unique robe qu'elle possédait, en coton bleu, qu'elle aimait bien au demeurant, même si elle la trouvait fort mal pratique pour courir et monter les escaliers.

Elle hésita. Devait-elle descendre ? Attendre ici ? Vêpres n'avaient pas sonné.

Du côté de la rue, s'éleva soudain une voix d'homme :

« Adonc, la tripière, t'es point encore partie, à cette heure ?

— Et toi, mauvais chrétien, répliqua une voix de femme un peu vulgaire, je t'y prends à travailler le dimanche. Dieu te le décomptera là-haut !

— Que tu es dans l'erreur, ma mie ! ironisa

l'homme. Je nettoie la ville pour la faire propre. C'est de l'attention au jour du Seigneur, pas du travail. »

La femme éclata de rire bruyamment :

« Ces crottes de chien que tu ramasses, c'est bien pour les revendre aux corroyeurs[1], non ?

— Ça nettoie. »

La femme continua de rire, puis les éclats se calmèrent peu à peu et Guillemette entendit soudain, malgré le ton plus bas :

« Y en a qui ont de la visite. »

Guillemette jeta un regard discret par la fenêtre : la tripière désignait du menton la maison du miseur.

Les voix baissèrent encore, et Guillemette crut saisir « Jeune garçon » et « pas ressorti ». Le reste finit dans un chuchotement. Mal à l'aise, Guillemette referma silencieusement la fenêtre.

Deux étages à descendre. L'étroit escalier sentait la cire. Il débouchait tout au fond de la boutique, derrière un lourd comptoir de bois encombré de ballots de coton.

Il n'y avait personne.

En face de l'escalier, de l'autre côté de la boutique, une porte ouverte, par laquelle parvenaient des voix assez lointaines. Guillemette demeura un instant hésitante, le cœur battant, ne sachant que faire. Pour

1. *Corroyeur* : homme qui travaille le cuir tanné pour l'assouplir.

la seconde fois, une cloche toute proche sonna vêpres, aussitôt relayée par une autre.

Aller frapper à cette porte, en face, c'était le mieux. Mais à peine levait-elle timidement la main, que la jeune fille s'aperçut qu'il ne s'agissait que de l'entrée d'un couloir. Il en venait une légère odeur de chandelle. Elle s'avança, se guidant au son des voix. Sur sa gauche, une porte entrebâillée, donnant sur une vaste cour intérieure, pavée de grandes dalles. En face, le couloir menait tout droit à une autre porte, à double battant, mais juste avant cette porte, sur la droite, une troisième était ouverte. C'était de là que venaient les voix.

Guillemette essuya machinalement ses mains sur sa robe qu'elle sentait moites, et s'encadra dans l'ouverture. Il s'agissait là d'une cuisine, luisant de tous ses cuivres malgré le peu de lumière venant des hautes fenêtres, qui ne donnaient sans doute que sur une trop étroite ruelle.

« Entrez ! lança le miseur d'une voix accueillante. Voici Lucasse, que vous n'avez pas encore vue, et qui s'occupe de tout ici. »

Guillemette crispa le bout de ses doigts sur un pli de sa robe. La forte femme qui se tenait près de la cheminée la détaillait de la tête aux pieds, d'un œil rapide et inquisiteur.

« Asseyez-vous », dit le miseur en lui désignant un escabeau près de la cheminée.

Il se cala lui-même dans l'unique fauteuil et tendit par habitude ses pieds vers le foyer où aucun feu ne brûlait. C'était étonnant : chacun de ses gestes semblait celui d'un homme pacifique et réfléchi, pas du tout ce que Guillemette avait imaginé. Longtemps, dans sa petite enfance, elle l'avait détesté sans le connaître. Comment cet homme aux yeux limpides avait-il pu rejeter une femme qui attendait un enfant de lui, la chasser sans un sou, et ne jamais même s'occuper de savoir ce que devenait l'enfant ?

« Vous n'avez pas dit mot de votre mère..., commença-t-il.

— Ma mère est morte dans la semaine qui a suivi ma naissance, de la fièvre des accouchées. »

Sans aucun commentaire, le miseur croisa les mains sur ses genoux et contempla la jeune fille. Lucasse allait et venait, allumant les dernières chandelles à mesure que le jour baissait. On entendit au loin un roulement de tonnerre.

« Je pense qu'étant donné votre situation, rien ne s'oppose à ce que vous demeuriez ici.

— Je vous en suis reconnaissante », murmura Guillemette d'une voix blanche.

Et voilà qu'elle croyait presque aux mots qu'elle prononçait. Qu'était devenue son agressivité ? Cet homme ne faisait que son devoir, cent fois elle se l'était répété. Cet homme ne faisait que réparer sa faute passée. Tout au plus, il ne se montrait point odieux. Peut-être n'agissait-il d'ailleurs que par peur du scandale... Un scandale ? À peine : il n'était pas le premier à avoir eu un enfant illégitime.

« Je ne demande qu'un toit, dit-elle d'un ton sérieux en le regardant. Je ne veux pas être à votre charge : je puis aider à la cuisine.

— Que nenni ! grogna aussitôt Lucasse. La cuisine est affaire de servante ! »

Le miseur l'observait toujours sans rien dire. Enfin il leva ses mains croisées et porta le bout de ses index tendus sur ses lèvres. Guillemette eut l'impression gênante qu'il lisait en elle.

« Bien, commença-t-il lentement. Vous pouvez rendre des services si vous le désirez, quoique rien ne vous y oblige, soyez-en consciente. Vous pourriez peut-être m'aider, si je vous apprenais à lire.

— Je sais lire, répondit faiblement Guillemette. Ma grand-mère m'a appris. »

Jamet Boisguérin hocha la tête. Oui, il se le rappelait bien, Guillemette Landais tenait les comptes de l'échoppe de son père, le petit bonnetier de la rue Vasselot.

« Savez-vous également écrire ?

— Un peu. »

Songeant que son père la disait plus douée pour le trait de flèche que pour le trait de plume, elle ajouta :

« ... mais je crains d'être un peu fâchée avec certaines lettres.

— Cela s'améliorera facilement, reprit le miseur d'un ton rassurant. Voyez-vous, si vous lisez et écrivez, vous pourriez être mon œil et ma main. Car ma vue n'est, hélas ! plus si bonne qu'antan, et il me coûte de tenir les registres de comptes, tant ceux de la boutique que ceux de la ville. Rennes est bien grande cité, et son pauvre miseur se voit accablé de force travail, dont le plus lourd réside en écriture des dépenses et des recettes.

— Je vous aiderai, dit Guillemette, heureuse de ne pas tout devoir à un homme qu'elle avait si fort haï.

— Bien... bien. Reste une chose, dont j'ai à vous parler. »

Le miseur s'arrêta et jeta un coup d'œil embarrassé à sa servante, qui justement faisait semblant de ne point suivre la conversation.

« C'est... à propos de votre nom... »

Guillemette se tint coite, fixant le miseur d'un œil critique.

« Il serait bon, sans doute, que vous en changiez.

— Changer..., murmura Guillemette.

— Ne me demandez pas pourquoi, mais il nous a paru, à Lucasse et à moi, que cela serait très important. »

Guillemette ne trouva pas de mot. Elle reconnaissait bien là le lâche qui avait abandonné sa grand-mère. Son nom était trop voyant. Trop de gens ici l'avaient bien connue.

Comme le miseur posait sa main sur son bras, elle le retira aussitôt.

« Ne vous méprenez pas, reprit-il comme s'il n'avait pas vu son geste, ne croyez pas... Je serais très heureux de dire à tous que vous êtes ma petite-fille, mais... Non : il est des choses impossibles à vous expliquer. Faites-moi confiance, je vous en prie.

— Je ferai ce que vous dites », murmura Guillemette sans lever les yeux.

Un moment, le miseur demeura silencieux. Son visage semblait agité. Enfin, il saisit fermement le poignet de la jeune fille, et prononça avec force :

« Rien de ce que vous pouvez imaginer n'est la vérité. Je vous demande de me faire confiance. Jamais... vous entendez ? ... Jamais ne révélez votre vrai nom. À personne, PERSONNE. Même si vous ne comprenez pas pourquoi. »

Le ton véhément cadrait si mal avec le personnage affable qu'il lui avait paru être, que Guillemette en demeura saisie. Elle fixa ses yeux clairs et se sentit soudain envahie par le même sentiment de complicité que l'après-midi, au moment où ils s'étaient souri.

« Je m'appelle Philippa, dit-elle. D'ailleurs, j'ai toujours eu envie de m'appeler Philippa. »

3

Des amis.
Des ennemis

Philippa ouvrit le volet. Le jour pointait à peine, et elle n'avait guère dormi. Peut-être parce que ses pensées se bousculaient derrière ses paupières, en images mêlées de passé et d'avenir, peut-être à cause du grincement des enseignes rouillées, peut-être d'être seule dans un si grand lit, sur un matelas si doux.

Dc la ruc montait unc odeur écœurante. La fenêtre d'en face était ouverte et une jeune fille, déjà habillée et soigneusement coiffée d'une natte dans le dos, la salua d'un petit signe de tête.

« Bonjour, dit Philippa sans savoir si elle pouvait s'adresser ainsi à une inconnue.

— La matinée est belle, lui répondit-on d'un ton léger.

— Fort belle, mais le parfum de l'aube me surprend. »

La jeune fille d'en face se mit à rire gaiement.

« Ce délicat parfum nous est offert par la tripière, qui s'entête à faire cuire ses maudits abats dès le petit matin. Ceci rend pour tous le lever un peu pénible.

— Des odeurs de cuisine aussi fortes au petit jour...

— ... nous lèvent le cœur. »

Les deux jeunes filles se sourirent avec sympathie.

« Vous êtes levée de bonne heure, reprit Philippa. Pourtant, je vous ai vue travailler fort tard, hier soir.

— Ah ! C'est que je brode mon trousseau.

— Vous allez donc vous marier ?

— Sans doute. »

Le ton était sans joie, et Philippa n'insista pas. Mais la jeune fille se pencha à la fenêtre :

« Vous êtes invitée chez Jamet Boisguérin ?

— Vous le connaissez ? »

La jeune fille rit encore :

« Ici, tout le monde se connaît. De plus, Jamet Boisguérin est mon oncle, le frère de mon père. »

Sans savoir pourquoi, Philippa se sentit enchantée que cette jeune personne fût de sa famille, même si elle n'avait pas le droit d'en parler.

« Vous vous appelez donc aussi Boisguérin, dit-elle.

— Ah !... Même pas. Mon père n'aime pas ce nom, et il me fait porter celui de ma mère : je m'appelle Béatrice de Villefranche. »

« Les tripes ! Les tripes se cuisent ! » cria une voix en bas.

« Il faut que je descende, dit Philippa. Je crains que messire Boisguérin ne me trouve bien paresseuse. Nous nous reverrons sûrement.

— Nous nous reverrons forcément. À bientôt. »

Philippa ferma sa fenêtre et s'habilla promptement.

« Les tripes, les tripes cuisent ! »

L'homme au chapeau de paille, qui ramassait les excréments de chien, grogna en réponse :

« Pas besoin d'avertir, ça se sent !

— Mon métier sent meilleur que le tien, mon bel ami, se moqua la tripière. Quelles sont les nouvelles ce matin ?

— N'y en a point, pour l'heure.

— Moi, j'en ai une : le garçon d'hier, tu sais, celui qui est entré chez le miseur et jamais ressorti... eh bien, c'est une fille... comme je te le dis. Et elle a couché ici. Deuxième étage. Je l'ai entendue bavarder avec la damoiselle Béatrice, pas plus tard que tout de suite. Les odeurs... il n'y a pas que celles des tripes et de la crotte... »

Elle hocha la tête d'un air entendu, et son double menton trembla.

« Tu croirais donc qu'il y aurait quelque chose de louche là-dessous ?

— Dame, quand on se déguise, c'est rarement pour berner les mouches à merde. »

Jamais jusqu'à ce jour, Philippa n'avait touché de fourchette, jamais non plus elle n'avait mangé dans une assiette d'argent ouvragé, entre des dressoirs si larges qu'ils cachaient les murs. En montre, des plats du plus bel étain, aussi beaux, et même peut-être plus, que ceux qui l'avaient toujours impressionnée, dans la grande salle du château. Jamais jusqu'à ce jour, elle n'avait goûté aux dragées, ni aux gâteaux qu'on appelait fleurs de lys, et elle les mangeait à petites bouchées, de peur de ne pas assez en profiter.

« Nous allons vous faire tailler quelques robes, dit le miseur. Des robes légères, pour l'instant. Nous verrons pour les fourrées plus tard. Combien en faudrait-il ?

— Quatre ou cinq pour commencer, jugea Lucasse. Plus une capeline de satin pour l'été, et une cape fourrée de martre pour l'hiver. J'ai toujours aimé la martre. Disons aussi une toque d'écarlate et des souliers convenables, assortis à la couleur des robes. »

Involontairement, Philippa ramena ses pieds sous la table. Elle était chaussée de souliers des plus simples, plus adaptés à courir les chemins qu'à arpenter un parquet luisant. Elle se sentait confuse et oppressée, et tendue, sans doute parce que les quelques mots qui venaient d'être prononcés dessinaient son avenir. On lui parlait de l'été et de l'hiver, du temps qui passerait. Elle resterait.

« J'ai en boutique quelques aunes de satin vert qui devrait bien lui aller, et du bon drap de Rennes... Emporte-les chez la couturière quand tu y amèneras la petite, Lucasse, elle choisira mieux en voyant le tissu sur elle. Mais nous en reparlerons tout à l'heure : il y a plus urgent. Ce matin, réunion importante du Conseil. La grande salle est-elle prête ? »

Lucasse hocha la tête.

« Bien, Philippa assistera à la réunion et fera un effort pour bien écouter, et noter ce qui aura été dit. Vous en sentez-vous capable, jeune fille ?

— Je ne sais, bredouilla Philippa en se sentant soudain envahie par la terreur. Je... j'ai peur. L'écriture des mots...

— Je ne veux pas vous forcer. Peut-être est-il trop tôt pour vous, il vous faut le temps de vous adapter.

— Oh non ! Non, vous avez raison. Je vais le faire...

— Détendez-vous, et prenez un peu confiance. Vous noterez les choses comme vous les entendrez.

Quand tout sera fini, nous regarderons les notes, juste vous et moi, et nous corrigerons ce qu'il faut.

— ... Je veux bien essayer.

— Ne vous inquiétez pas, tout ira bien. Pour l'instant, si vous voulez m'accompagner, nous allons ouvrir la boutique. »

Ils remontèrent tous deux le couloir, traversèrent la réserve où s'entassaient de gros rouleaux de fer et de cuivre, louvoyèrent entre des paquets de fourrures solidement ficelés, et débouchèrent dans l'échoppe. Ensemble, ils levèrent le lourd battant de bois, qui ferait abri contre le soleil et la pluie, et abaissèrent le deuxième battant, pour servir d'étal sur la rue. L'odeur de tripes chaudes envahit aussitôt tout l'espace.

« Encore cette maudite tripière ! » soupira le miseur.

Puis il ouvrit en grand la porte et fit un signe de la main à quelqu'un que Philippa ne voyait pas, mais qui entra tout de suite. Philippa en conclut que cette personne attendait l'ouverture.

« Ah ! Estienne ! lança messire Boisguérin, je vous présente Philippa, qui va demeurer un temps avec nous. »

Le mot « un temps » n'échappa pas à la jeune fille. Elle répondit d'un signe de tête au garçon qui la saluait sans chaleur. Il pouvait avoir au plus une quinzaine d'années, trop grandi, un peu maigre, les cheveux blondasses et mal peignés.

« Elle va apprendre un peu le métier, conclut le mercier.

— Mais..., bredouilla le garçon, vous ne pouvez avoir deux apprentis, messire Boisguérin. Un maître mercier n'a droit qu'à un seul. Vous m'avez officiellement déclaré. J'ai payé mes deux livres de cire de droit d'entrée. Je réponds à toutes les exigences : je suis né dans le duché, et bon chrétien, et pas marié.

— Là... là..., calma le mercier. Qui vous reproche quoi que ce soit ? Philippa ne brigue pas votre place, mon ami : c'est une orpheline que j'ai recueillie, et qui m'aidera aux écritures. Seulement, il faut qu'elle se mette un peu au courant des affaires, voilà tout. Je comptais sur vous pour l'y aider. »

Le garçon grogna quelque chose qui ne parut pas à Philippa de bon augure.

« Pour ce matin, reprit le mercier, elle ne restera pas : elle m'assiste pour la réunion du Conseil. Voyez dans l'entrepôt si le savon blanc qui m'a été livré fait bien le poids annoncé, et pensez aussi à trier les teintures. Le charretier me les a déposées tout sens dessus dessous dans la petite cour.

— Où faudra-t-il les ranger ?

— Dans la remise jouxtant les écuries. Faites pour le mieux, je vous laisse : les membres du Conseil vont bientôt arriver, et je ne voudrais pas qu'ils aient à passer par la boutique. Je vais faire ouvrir le grand porche et veiller à ce que la cour d'honneur soit balayée. Lucasse viendra tenir la boutique, le temps que vous régliez les problèmes d'entrepôt.

*

Juchée sur une chaise haute dans un coin reculé de la grande salle, Philippa trempa sa plume dans l'encrier. Sa main tremblait un peu, elle fit une malencontreuse tache sur l'écritoire de bois poli. Vite, elle la nettoya du bout du doigt, puis, craignant de laisser des traces sur son papier, elle essuya furtivement son doigt sous sa chaise. Personne, semblait-il, n'avait prêté attention à son geste, et pourtant, elle surprenait souvent des regards inquisiteurs qui se glissaient vers son coin.

Au bout de la table de la grande salle – celle qui fermait au fond la cour d'honneur – siégeait le procureur des bourgeois. Le miseur, à l'autre bout, lui faisait face. Les autres, Philippa ne savait pas qui ils étaient, mais leur allure, la richesse de leurs vêtements, disaient assez leur origine.

Après un long brouhaha, l'assemblée se calma, et le procureur des bourgeois prit la parole :

« Premier point : a-t-on bien commandé le tissu pour les nouvelles livrées des sergents ?

— C'est fait, dit le miseur. Commande a été passée par mes soins, ainsi que le Conseil en a décidé, au mercier Gicquel, et cela sans rapport avec le fait qu'il est le père de mon apprenti puisque, s'il vous en souvient, je n'avais pas moi-même participé au vote.

— C'est bon. Le deuxième point concernera la visite de Mgr le duc. Nous devons décider, comme vous le savez, des cadeaux que lui offrira la ville. Rennes est ville capitale, ne l'oublions pas dans nos décisions. Nous devons faire plus que Vannes ou Nantes. »

Suivit un long débat, où il fut question de fourrures, bonnets, pièces d'or, coupes, aiguières[1] et flacons d'argent, banquet, vin d'Anjou et hypocras[2], et toutes choses si simples à imaginer mais si difficiles à transcrire. Philippa se sentait les mains moites d'énervement, elle tremblait qu'un de ces messieurs eût l'idée de venir contrôler ses notes, et trouvât à redire au *vindenjou* et aux *piesse-dort*.

La plume grattait le papier, l'écorchant au début de chaque mot, l'encre s'étalait en pâté ou disparaissait malicieusement. Jamais Philippa n'avait été plus malheureuse de sa vie. Enfin, l'énumération s'arrêta, et un homme au pourpoint de satin vert demanda la parole.

« Si nous en venons à la cloche, commença-t-il, je voudrais soumettre ceci au Conseil : ainsi que l'a fort

1. *Aiguière* : vase à eau.
2. *Hypocras* : vin sucré, aromatisé à la cannelle et au girofle.

bien dit M. le procureur, Rennes est ville capitale, et en cela, elle se doit de dépasser toute autre, en tout domaine. La cloche que nous avons décidé de mettre au beffroi de la tour Saint-James est certes de belles dimensions, mais ne dépasse que de peu celles d'autres de nos cités. Je propose donc d'en augmenter le poids, et qu'elle s'entende jusqu'au cœur de la forêt, car jusqu'où résonnera la cloche, s'étendra l'emprise de la ville. »

Un véritable bourdonnement s'ensuivit aussitôt, qui reposa la main et l'attention de Philippa. On lança des chiffres, discuta âprement le poids que pourrait supporter la tour Saint-James, les aménagements à y faire, le plomb à commander pour en protéger la toiture, puis de nouveau le poids de la cloche, et Philippa nota finalement que la cloche devrait peser 50 000 livres de bronze, à une part d'étain pour trois parts de cuivre. Puis la conversation roula sur la mauvaise qualité de la pierre utilisée pour les fortifications, qui s'effritaient du côté de la rue aux Foulons et de la porte Saint-Georges.

Philippa ne consigna plus rien. Elle sentait la sueur lui couler dans le dos et sa main toute raidie par l'effort.

Sur le placis Conan, le ramasseur de fientes de chien rencontra le marchand de chandelles, et lui glissa sur-le-champ l'information du jour, à savoir que le miseur avait reçu chez lui, dans le plus grand secret, une jeune fille déguisée en garçon, peut-être une espionne des Français, allez savoir !

Le marchand de chandelles transmit la nouvelle à l'oublieur[1], qu'il croisa sur le pont de la Poissonnerie, et qui sut aussitôt que le miseur cachait chez lui une espionne qui revenait du camp français avec d'importantes révélations sur les mouvements de troupes du roi Louis XI. L'oublieur rapporta le tout au porteur d'eau, près de la porte Toussaints et, avant le soir, il fut certain que les Français se préparaient à attaquer Rennes, et que la réunion du Conseil des bourgeois n'avait parlé que de cela.

1. *Oublieur* : marchand d'oublies (petits gâteaux).

4

Mystérieuse orpheline ?

Le lendemain matin, par un sergent de la garde, la nouvelle parvint aux oreilles de Jehan Duchesne, grand portier de la ville. Déjà, il semblait que François II, duc de Bretagne, s'apprêtât à rassembler ses troupes pour s'opposer au roi de France.

Il n'en crut pas un mot, mais son premier mouvement fut de se rendre auprès de son ami le miseur, où il apprit que la jeune fille arrivée « de nuit », « en cachette », et « travestie en garçon » n'espionnait pour personne, que nul bruit de guerre n'était parvenu à la ville, et que le duc François se préparait juste à faire une visite de courtoisie à la capitale de son duché.

« Vous me rassurez, messire Boisguérin, bien que je n'aie pas vraiment été inquiet. À croire qu'ici on meurt d'ennui : manque-t-on à ce point de misères, qu'on s'en invente ? Cela dit, j'ai profité de ma visite pour vous apporter ce tonnelet de vin. Vous êtes connaisseur, et saurez me dire ce que vous en pensez. »

Le miseur opina :

« Passons dans la pièce de derrière. J'aurais aussi un avis à vous demander sur autre chose. »

Ils longèrent tous deux le couloir, Jehan Duchesne portant toujours le tonnelet, et s'installèrent dans la petite salle, où Philippa était en train de retranscrire le plus fidèlement possible les décisions du Conseil. Jamet Boisguérin la présenta au grand portier comme étant « une orpheline, petite-fille d'un de ses amis », qu'il avait recueillie, et qui l'aidait à tenir ses registres. Puis ils se servirent du vin dans des gobelets d'argent.

« Vous allez vous rendre compte, commenta Jehan Duchesne, rien à voir avec le tord-boyaux et le ronge-ceinture qu'on sert à l'auberge des Trois-Sous. Goûtez... mais je crois que vous aviez un problème à me soumettre ?

— Oui... voilà ce qui m'inquiète, Jehan. Vous savez que le projet de la cloche de la tour Saint-James est en bonne voie. Les maîtres fondeurs sont arrivés en ville avant-hier, et ils ont commencé dès ce matin à recruter des ouvriers.

— Je suis au courant.

— Ces ouvriers, bien sûr, nous devrons les payer, et l'argent des salaires, c'est à moi de le conserver. Comprenez mon inquiétude : c'est que cela représente une somme ! J'ai pensé tout d'abord à demander une garde spéciale, mais il faudrait mettre au moins deux sergents à chaque issue et, outre la porte de la boutique et la porte cochère qui donnent sur la rue du Four-au-Chapitre, il faut compter les fenêtres des cuisines sur la ruelle, les portes des garde-robes, l'une donnant sur cette même ruelle, l'autre dans une cour intérieure qui a son accès rue Saint-Sauveur, et encore les deux portes de la grande salle qui ouvrent sur la cour de derrière et sur la rue de La Psalette. Et puis, ce déploiement attirerait l'attention. Je ne sais à quoi me résoudre.

— Cachez l'argent dans la partie la plus haute de la maison, sauf dans votre chambre. Les voleurs ont toujours tendance à chercher d'abord en bas.

— Vous ne me rassurez guère...

— Ce serait malhonnête de ma part. Mais je me suis à plusieurs reprises heurté à ce problème, et je crains qu'il n'ait pas de vraie solution. Toutefois, comptez sur ma vigilance : je vais demander au connétable[1] de faire doubler les rondes de nuit dans les rues voisines. »

---

1. Le connétable est, ici, celui qui commande les soldats de la garnison et veille aux fortifications.

Philippa avait tout écouté sans intervenir, puisque bien sûr personne ne sollicitait son avis. Enfin, elle osa timidement :

« Cachons l'argent dans ma chambre, messire Boisguérin. Personne ne viendra l'y chercher.

— Hum... – le miseur examina la jeune fille avec curiosité – ce peut être une idée... J'y réfléchirai. »

Quand Jehan Duchesne sortit de chez le miseur, il buta presque contre le réchaud ambulant de la tripière.

« Hé là ! messire le portier. Tripes pour le déjeuner, qu'en diriez-vous ?

— Merci ! Je préfère les bons plats de ma cuisinière.

— C'est bien manque de goût ! s'exclama la tripière en riant sans rancune. Hé ! Je vois que vous n'avez plus le tonnelet. Vous avez donc fêté chez messire Boisguérin l'arrivée de la nouvelle pensionnaire ? »

Jehan Duchesne sourit sans répondre.

« Curieuse personne, hein, cette fille ! insista la tripière.

— Je ne lui ai rien trouvé de curieux.

— Messire Boisguérin la connaît sans doute bien, pour l'entretenir ainsi.

— Sans doute. Et ravalez votre mauvaise langue,

c'est la petite-fille d'un de ses amis. Une orpheline. Cela vous va-t-il ?

— Ah ! Tout me va ! Messire Boisguérin est bien bon... »

Jehan Duchesne passa son chemin, se dirigeant droit vers la tour qu'il habitait depuis peu, et que la ville lui avait fait aménager. Cette tour sur les remparts, on ne l'appelait déjà plus que « tour Duchesne », et cela l'amusait. Passant rue du Griffon, il croisa un homme de taille moyenne, un peu sec.

« Bien le bonjour, messire de Villefranche.

— Bonjour, messire Duchesne. Si vous venez de la rue du Four-au-Chapitre, peut-être savez-vous si mon frère est chez lui ?

— Il y était à l'instant.

— C'est bon. »

M. de Villefranche passa la tête par la porte de sa mercerie et lança :

« Je m'absente. Et qu'aucun de vous n'en profite pour paresser, croyez bien que je le saurai ! »

Il remonta la rue du Griffon d'un pas rapide, traversa la ruc dc la Psalette, et s'engouffra dans celle du Four-au-Chapitre. Délaissant l'entrée de la mercerie de Jamet Boisguérin, il passa sous le porche pour gagner directement l'arrière-boutique, et attendit là que son frère soit seul, pour lui faire signe.

« Oh ! Jamet !

— Tiens donc ! Messire Gilles Boisguérin, que me vaut l'honneur... ? »

L'interpellé réagit en pinçant les lèvres. Il fut tenté de rectifier « de Ville-franche », mais y renonça : cela ne servait à rien contre la mauvaise foi de son frère.

Les deux hommes s'affrontèrent un moment du regard, celui de Jamet affirmant clairement qu'il se refusait tout net à appeler son frère Villefranche, ou même « Boisguérin de Villefranche ». Il ne se nommait, de par sa naissance, autrement que Boisguérin, tout comme lui. Gilles Boisguérin « de Villefranche » résolut de garder pour aujourd'hui ses commentaires, et commença :

« Mon frère, le bruit m'est parvenu que le poids de la cloche serait augmenté. »

Jamet Boisguérin sourit et commenta :

« C'est pour qu'elle s'entende de loin, et je vois que vous l'avez déjà entendue.

— Votre forme d'humour ne me touche pas, mon frère. Il est de mon devoir, ayant l'honneur d'appartenir comme vous à la confrérie des Merciers, et même, je vous le rappelle, d'en être le prévôt, de me renseigner : qui sont les merciers auxquels sera passée commande de ce surplus de métal ?

— Pas à moi, si vous voulez le savoir, mon digne frère. Je suis miseur, l'avez-vous oublié ? ... Une fonction que je conçois comme un service à rendre à la ville, et non comme une manière de m'enrichir. »

Le dernier mot fut lancé avec dédain.

« Je ne sais ce que signifient vos paroles, mais je vous trouve bien insolent, surtout en vous adressant à votre aîné.

— Suffit avec cette aînesse. Passé cinquante ans, je crois que nous pouvons l'oublier. »

Gilles Boisguérin de Villefranche eut un geste agacé :

« Laissons ces disputes. Personne ne vous reproche rien. Je demande seulement quelle doit être la répartition des marchés, et si j'en suis.

— Vous en êtes, mon frère, pour... Attendez un moment, je vous prie. »

Il quitta l'arrière-boutique et se dirigea vers la petite salle.

« Philippa, pouvez-vous me dire ce que nous avons inscrit dans la colonne des commandes à messire Boisguérin... de Villefranche.

— Messire Boisguérin de Villefranche..., chercha Philippa, 3 000 livres de cuivre, et 850 de mintaille[1]. »

Le miseur se retourna pour regagner l'arrière-boutique, et se cogna contre son frère qui arrivait.

« Il était inutile de vous déplacer, grogna-t-il je vous portais la réponse. »

Gilles Boisguérin jeta un coup d'œil inquisiteur dans la petite salle, sur la jeune fille qui remplissait

1. *Mintaille* : mélange de cuivre et d'étain.

le registre, mais avant qu'il n'ait pu ouvrir la bouche, son frère le poussait dehors.

« Voilà, Gilles : 3 000 livres de cuivre, et 850 de mintaille. Je vous ferai savoir dès que possible le délai qui vous est laissé pour la livraison. »

Gilles sortit dignement, sans se retourner, tandis que Jamet regagnait la petite salle.

« Cet homme est mon frère, expliqua-t-il à Philippa d'un ton un peu embarrassé. Ce n'est pas un homme bien agréable à fréquenter, et surtout, il aime à se mêler de ce qui ne le regarde point. Aussi, je vous conseillerais de vous en défier, et de ne point lui parler... en particulier de... »

Il ne finit pas sa phrase. Philippa avait hoché la tête : c'était compris. Messire Gilles ne saurait jamais son vrai nom.

*

Jamet Boisguérin s'assit sur le banc de la cour d'honneur, sous le vieux platane. Il faisait moins chaud ici. De là où il se trouvait, il apercevait, juste en face, le porche de l'hôtel particulier de son frère Gilles. C'était une belle bâtisse, plus belle et riche que sa demeure à lui. Son frère se l'était fait construire plusieurs années auparavant, loin de la mercerie de leur père, qui était située rue du Griffon, et dont il avait hérité. Jamet, lui, en tant que cadet, n'avait eu droit qu'à un petit pécule, mais il ne s'en plaignait pas : il l'avait fait prospérer, et aujourd'hui, il possédait du bien en suffisance.

L'argent... C'était curieux, il avait toujours été persuadé que son frère n'aimait que cela, et pourtant son mariage lui avait prouvé le contraire : son frère n'avait pas épousé une femme riche. À son grand étonnement, il avait choisi une femme beaucoup plus jeune que lui, sans grande fortune, mais avec un titre de noblesse, et ce titre lui tournait la tête au point qu'il l'avait fait transmettre à sa fille, la petite Béatrice.

Pauvre Béatrice... Il ne la méritait pas. Comment un homme si désagréable peut-il avoir une fille aussi charmante ? La pensée de Béatrice ramena Jamet Boisguérin à celle de Philippa. Maintenant que Gilles avait vu Philippa, il valait mieux la montrer ostensiblement : c'était la meilleure façon de ne point éveiller de soupçons.

Justement, il y avait ce problème d'octroi : on lui retenait une livraison de drap de Bernay à l'entrée de la ville, car le charretier qui le convoyait ne pouvait acquitter le devoir de clouaison[1]. Jamet Boisguérin se leva lourdement de son banc, hésita un instant sur le moyen de se rendre à l'octroi, se demandant s'il devait faire seller deux chevaux, puis appela finalement :

« Estienne ! Les draps de Bernay... ils attendent à la barre[2] Saint-Just ?

---

1. *Clouaison* : taxe sur les marchandises importées.
2. *Barre* : barrière d'octroi (où l'on paie les taxes). Il y en avait sur toutes les voies d'accès à la ville.

— Non, à celle du pont Saint-Martin !

— C'est bon. Allez dire à l'écurie qu'on me selle deux chevaux.

— Vous n'y allez pas seul ?

— J'emmène Philippa. »

Le garçon ouvrit la bouche, puis la referma sans rien dire, et disparut sur la gauche, par la grande porte des écuries, tandis que Jamet Boisguérin se dirigeait vers les cuisines.

Il considéra un moment Philippa, qui, tout en buvant un bol de lait, était en train de raconter à Lucasse une histoire de perdrix, qui semblait faire beaucoup rire la servante, et attendit qu'elle se retourne pour demander :

« Philippa, je me rends à la barre du pont Saint-Martin, pour une affaire de clouaison. Désirez-vous m'accompagner ? Nous irons à cheval.

— Tout de suite, messire Boisguérin. Ai-je le temps de passer des chausses ?

— Des chausses ? s'effara Lucasse. Va doué ! Des chausses à une fille !

— C'est que... c'est plus pratique pour monter à cheval !

— Pratique n'est pas la question. Une damoiselle ne s'habille pas en garçon. »

Jamet Boisguérin n'intervint pas. Il regardait tour à tour Philippa et Lucasse, d'un air incertain.

« Crois-tu, demanda-t-il enfin à Lucasse, que ce soit d'une importance...

— Voulez-vous donner prise aux bavardages malsains ?

— Non, certes... mais enfin...

— Elle n'a point à monter à califourchon sur le cheval, de quoi aurait-elle l'air ? Elle montera de côté, comme toute femme digne de ce nom, et alors, la robe ne gêne en aucune façon. Tiendriez-vous à ce qu'elle se fasse remarquer ?

— Bon ! Bon ! Inutile de crier. Avez-vous entendu, Philippa ? »

La jeune fille ravala la mauvaise humeur qu'elle sentait monter en elle et acquiesça sans mot dire.

« C'est qu'ici, ajouta le miseur en manière d'excuse, les langues vont vite leur train.

— Je ne veux pas vous causer d'ennuis », dit simplement Philippa.

Le miseur eut un petit soupir.

« Bien, conclut-il. Les chevaux sont sellés. Allons-y. »

Au bout de la rue du Four au-Chapitre, la place du Marché-à-l'Avoir était encombrée par les bêtes à cornes qui attendaient l'acheteur. Les deux chevaux se frayèrent tant bien que mal un passage entre bœufs et maquignons vers la rue de la Miterie, qu'ils remontèrent à pas prudents. De ce côté, le fracas des mar-

tèlements, jaillissant des échoppes des chaudronniers, se faisait assourdissant. Des charrettes pleines de pavés bouchaient le passage, et il semblait impossible d'arriver par cette voie jusqu'à la place du Champ-Jacquet.

« C'est de mal en pis », grommela le miseur.

Et, haussant le ton, il ajouta :

« Il faudrait... je ne sais... élargir les rues, ou interdire les charrettes aux heures de plus grande activité. Traverser simplement la ville relève aujourd'hui de l'exploit. »

Il repoussa du pied une planche qui menaçait de blesser son cheval. L'homme qui la portait s'excusa à peine, préoccupé qu'il était lui-même de chercher un passage. Le miseur se résolut finalement à pousser sa monture au milieu de la rue : quitte à ce qu'elle patauge dans le caniveau, c'était encore l'endroit le moins exposé.

La chaleur de ce début d'après-midi faisait lever une odeur de plus en plus fétide. Sans doute le collecteur d'eau sale était-il encore bouché !

Les chevaux, eux, gardaient la tête bien haute et l'œil grand ouvert, l'expérience les incitant sans doute à ne pas relâcher leur attention.

« Tenez-le serré ! cria le miseur en se retournant, les chevaux détestent le quartier des chaudronniers, et ils vous jetteraient à terre comme rien. »

Mais le conseil n'était pas nécessaire à Philippa.

Elle avait monté à cheval avec son père avant que de savoir marcher.

Comme ils passaient la porte Saint-Michel, elle put enfin se placer à hauteur du cheval de Jamet Boisguérin.

« C'est bien, dit celui-ci, je vois que vous êtes bonne cavalière. Quand nous serons au pont Saint-Martin, tandis que je réglerai la clouaison, il serait peut-être utile que vous meniez boire les chevaux à la fontaine de Gourmelon, je vous montrerai. »

Philippa hésita un instant, puis elle demanda :

« Ne pourrai-je assister aux transactions, à l'octroi ? Je n'ai jamais vu comment se passe le paiement des droits.

— Ah ! Bien... pourquoi non ? Mais il n'y a guère à voir : on pèse les marchandises, et c'est tout.

— C'est que j'aimerais bien savoir tout ce qui concerne le métier. Vous avez dit que vous m'apprendriez.

— Ah ! »

Le miseur considéra la jeune fille avec amusement.

« C'est vrai... C'est vrai. Je crois, Philippa, que vous pourriez bien devenir mon bras droit.

— Ne suis-je pas déjà votre œil ? »

Philippa se mit à rire, et Jamet Boisguérin avec elle. Ce n'était point un méchant homme, mais elle devait tout de même s'en méfier.

5

Petite vengeance sous les remparts

« Une orpheline, paraît-il, la petite fille d'un de ses amis.

— Je vois ta moue, la tripière. Tu doutes ?

— Dame... les amis, ça a souvent bon dos. Rappelle-toi la petite servante, la fille du regrattier[1]. Elle n'était point enceinte, y'a treize ou quatorze ans ?

— Oh !... Y'a plus que ça !

— Va savoir...

— Tu veux dire que la petite "orpheline" pourrait bien être... mais pourquoi le miseur la recueillerait-il, et en racontant des blagues, en plus ?

1. *Regrattier* : petit revendeur de nourriture.

— Oh ! moi je ne dis rien, c'est une orpheline, c'est tout. »

Le ramasseur de fientes hocha la tête d'un air entendu, tout en s'éloignant vers la rue du Port-Saint-Yves. De l'intérieur de la boutique, Philippa le suivit un moment des yeux. Elle avait surpris son regard et celui de la tripière. Elle était sûre qu'ils parlaient encore d'elle.

Après tout, qu'ils parlent ! Ça lui était bien égal... Non, ça ne lui était pas égal : elle aurait bien voulu savoir ce qu'ils disaient. Peut-être en savaient-ils long sur sa présence ici, peut-être même plus long qu'elle. Allons ! Qu'y avait-il à savoir ? Son nom ? Bien sûr, ce serait ennuyeux pour le miseur, que somme toute elle aimait bien, mais ce serait au fond bien fait pour lui. Quoi d'autre ? Peut-être ces gens, s'ils connaissaient son nom, sauraient lui parler de sa grand-mère et de messire Jamet, mais elle ne pouvait s'abaisser à le leur demander, et puis elle avait juré de ne pas révéler son identité.

« Je croyais que vous deviez travailler aux écritures, pas à la boutique, bougonna une voix maussade derrière elle.

— J'y retourne, *messire* Estienne. »

L'apprenti haussa les épaules. Elle en avait plus qu'assez ! Elle l'apostropha :

« Je vous gêne vraiment ici ?

— Les filles n'apportent que des ennuis.

— Je vois... vous vous y connaissez fort en filles...

— Dieu me garde, je les connais assez. Heureusement, je n'ai point de sœur. »

Philippa lui lança regard en coin, sans juger bon de répliquer. Ce garçon la détestait, c'était évident, mais pourquoi ? Une bouffée de culpabilité l'envahit soudain, la pensée confuse qu'il la détestait parce qu'elle était sans doute détestable. Bien sûr, elle n'avait jamais rien fait contre Estienne, mais peut-être que seule son attitude, sa façon de parler, ou même son sourire pouvait déplaire, de même qu'un parfum ou une couleur peut déplaire, sans qu'on imagine que ce soit vraiment la faute de ce parfum ou de cette couleur...

Cette réflexion entama cruellement son optimisme. Soudain, elle étouffait ici. Les murs des maisons étaient trop serrés, il y avait trop de monde partout, dans les rues, sur les places. Trop de monde, et elle ne connaissait personne.

Elle ferma les yeux. Le château grouillait de vie, lui aussi, mais tous les visages lui étaient familiers ; elle savait l'histoire de chacun, son caractère, sa famille, ses projets.

Voilà qu'il lui prenait l'envie irrépressible de se cacher ; elle se vit blottie dans le creux de son arbre favori, son consolateur. Mais son consolateur était resté là-bas, à l'orée de la forêt, seul, comme elle était seule ici. Elle aurait voulu qu'un sorcier la touche de sa baguette, et alors elle deviendrait petite, si petite que plus personne ne la verrait, jamais.

Elle se sentit comme happée par la voix de Lucasse, et retrouva douloureusement sa taille normale. Ce n'était pas à elle que Lucasse s'adressait :

« Vous pouvez partir, Estienne, il n'y aura plus personne à cette heure-ci, et il vous faut un peu de temps pour vous entraîner.

— Vous remercierez maître Boisguérin », répondit aussitôt le garçon en se dirigeant vers l'arrière-boutique pour ôter son tablier de cuir et prendre son étroit chapeau de feutre vert.

Le regard de Lucasse revint vers Philippa.

« Quelque chose ne va pas ?

— Non... merci, tout va bien.

— Vous êtes toute pâle. »

Philippa esquissa un sourire.

« Ce n'est rien. Le changement d'air, sans doute. La ville me paraît si différente... Les arbres, peut-être.

— Ah ! d'arbres, il n'y a point, c'est un fait. Enfin, point dans les rues... mais dans les jardins, dans les cours...

— On ne les voit pas. Et puis, ce sont des arbres enfermés. »

Elle songea avec un serrement de cœur au platane de la cour, solitaire, dont on avait emprisonné les racines sous les dalles.

« La forêt vous manque ?

— Un peu... »

Lucasse sourit avec chaleur. Mais Philippa ne voulait pas s'engager sur un sujet qui pouvait l'amener au bord des larmes. En voyant réapparaître Estienne, son chapeau à la main, elle se redressa et tenta de répondre au sourire de Lucasse.

« Mais j'aime la ville, conclut-elle. Je m'habituerai.

— La ville est terriblement dangereuse, se moqua Estienne en passant. Bien, à demain. Je n'ai pas de temps à perdre si je veux être au point pour le concours. »

Il mit son chapeau de feutre, un peu penché sur l'œil droit, et, sans quitter son sourire ironique, il laissa tomber à l'intention de Philippa :

« Et je gagnerai. »

Philippa le regarda sortir. Son visage s'était fermé. Soudain, elle ne se sentait plus du tout coupable, juste agacée. Elle regretta qu'Estienne fût déjà loin, elle lui aurait assené une méchanceté. Et la méchanceté, restée dans sa gorge, lui sembla redescendre et peser sur son estomac.

« Un concours de quoi ? demanda-t-elle enfin à Lucasse.

— De tir à l'arc. C'est bientôt le jour du papegaut, vous ne le savez pas ? On attache un oiseau de bois tout en haut d'une perche. Gagner le papegaut, c'est très important ! »

Il y avait soudain dans le ton de Lucasse une grande fierté, qui gêna un peu Philippa :

« Et il va vraiment gagner ?

— Il est le meilleur tireur de la ville, et il n'a que quinze ans. »

Philippa ravala une autre remarque désagréable : il n'était pas élégant de dire du mal des autres en leur absence.

« S'il gagne, il sera d'office admis dans la compagnie des arbalétriers, et la ville lui versera douze livres par an pour qu'il puisse s'entraîner. Sans compter qu'il sera "roi du papegaut". »

Roi du papegaut ! La célébrité, les récompenses. Il ne manquait plus que cela pour le rendre plus détestable encore !

« Où s'entraîne-t-il ?

— Du côté de la porte Mordelaise, sous les remparts près des lices. »

À l'angle de la rue aux Dames et de la rue du Griffon, le marchand de vin ferma le robinet de son tonneau.

« V'là votre pichet bien rempli ! lança-t-il à l'écrivain public qui, à sa fenêtre ouverte sur la rue, achevait de rédiger un long papier. Ça vous fera vingt deniers tout rond.

— Posez-le sur le rebord de la fenêtre, dit l'écrivain public sans lever la tête. Je vais vous payer dans un instant. »

Le marchand de vin se pencha, tournant un peu la tête pour regarder le papier, comme s'il savait lire, puis se racla la gorge :

« Vous vous rappelez, la fille qui servait chez Jamet Boisguérin, à la mercerie ?

— Hum... je ne vois pas.

— Si ! Y'a une quinzaine d'années, une fille un peu rousse, dodue à souhait.

— Raoulette, dit l'écrivain public en tirant un court trait sous le texte qu'il venait de finir.

— Raoulette, c'est ça !

— Et vous voulez lui écrire ? » demanda l'écrivain d'un ton presque affirmatif en saisissant une feuille neuve. Il trempa sa plume dans l'encrier, prêt à écrire sous la dictée, mais le marchand de vin protesta :

« Non, non, nullement. Je ne la connais même pas vraiment, je ne sais pas où elle est, peut-être bien qu'elle est morte ! Non, je voulais juste vous dire : vous vous rappelez ?

— Ah bon !

— Eh bien, elle attendait un enfant.

— C'est vrai.

— Tout ça pour dire qu'aujourd'hui, y'a une fille qui vit chez messire Boisguérin, une fille qui aurait l'âge du bébé... vous voyez ?

— Ah ! fit l'écrivain public. Ce bébé n'était-il pas mort-né ?

— C'est ce qu'on a voulu faire croire, dit le marchand de vin en clignant de l'œil. Moi, je parie que le bébé était du sieur Boisguérin lui-même, et qu'il n'était pas si mort que cela, puisque le voilà.

— En êtes-vous sûr ?

— Dame, voilà une fille inconnue qui arrive chez Boisguérin, et il la recueille. Orpheline, fille d'un de ses amis. Vous parlez ! D'un de ses amis d'où ? Je voudrais bien le lui entendre dire ! Quand on n'a rien à cacher, on dit les noms. »

L'écrivain public ne répondit pas. Il était tenu au secret pour ce qui concernait les lettres qu'il rédigeait, mais cette amusante information ne tombait pas dans la trappe du confidentiel, et elle intéresserait fort sa femme.

*

Lucasse finissait de ranger la boutique, Jamet Boisguérin était sorti. Philippa traversa la cour intérieure, sans oublier, comme chaque fois, de dire son affection au platane en appuyant sa paume sur son tronc. Dans son cœur, la colère s'était apaisée, se muant peu à peu en une satisfaction vaguement tempérée d'incertitude. À peine eut-elle passé la porte cochère, qu'elle rencontra le regard de la tripière. Elle détourna instinctivement le sien, puis elle se ravisa et, évitant de justesse une grosse femme et son lourd panier, elle contourna un baquet posé à même la rue, et où semblait tremper un linge à teindre, et s'adressa directement à la tripière :

« S'il vous plaît, pouvez-vous me dire par où on va à la place des Lices ? »

La tripière la détailla un court instant d'un œil curieux, puis lui indiqua le chemin à suivre à grand renfort de mouvements de bras, pour finir :

« C'est tout près. Mais vous êtes donc nouvelle, ici ?

— Oui.

— Ah ! et vous habitez chez messire Boisguérin. Un bien bon homme. »

Philippa hocha la tête sans répondre.

« Et vous allez rester, sans doute... »

La jeune fille eut un sourire.

« Sans doute. Je m'appelle Philippa. Comme mes parents sont morts, messire Boisguérin a accepté de me recueillir.

— Ah ! Je reconnais bien là son grand cœur. Recueillir ainsi une orpheline, sans lui être attachée en rien... »

La tripière remua le reste de tripes qui commençait à coller au fond de la marmite, mais son œil droit restait rivé sur Philippa. On aurait dit qu'étrangement, ses deux yeux étaient capables de surveiller chacun, en même temps, quelque chose de différent.

Philippa fut contente du tour que prenait la conversation.

« Il connaissait bien mon grand-père, dit-elle en s'éloignant. C'était un de ses amis. »

Avec une profonde impression de soulagement, elle remonta la rue du Griffon jusqu'à la place Saint-Pierre. Elle aperçut l'enseigne de la mercerie de Gilles Boisguérin, et évita de regarder de ce côté.

La porte Mordelaise s'ouvrait dans le rempart, entre ses deux grosses tours, presque en face de la cathédrale, En cette fin d'après-midi, le passage qui y menait était encombré de charrettes vides quittant la ville. Il régnait là un vacarme effrayant : des cris, des meuglements, des injures. Philippa se faufila jusqu'à la porte de côté, réservée aux piétons, et franchit les douves par le petit pont annexe. Sur le grand pont-levis, un attelage de bœufs piétinaient nerveusement, attendant de pouvoir avancer. Son maître invectivait l'attelage qui le précédait et qui s'était immobilisé dans le travers du passage.

Finalement, la charrette étant parvenue tant bien que mal à se remettre dans le droit chemin, le roulement sourd et continu reprit sur le pont de bois. Philippa détourna la tête. Elle venait de déboucher sur un boulevard[1] circulaire, où des maçons travaillaient

1. *Boulevard* : terre-plein devant un rempart ou une porte.

à consolider les murets de pierres qui, le protégeant, formaient une première défense pour la porte.

Elle se laissa porter par le mouvement de la foule et sortit du boulevard par un étroit passage, sur la droite, qui menait à la place des Lices. Tout de suite, elle aperçut Estienne. Il se tenait là où avait dit Lucasse, dans les douves à sec, le long des remparts. Il ne regardait pas de son côté.

Philippa s'approcha. Rien qu'à la vue d'Estienne, voilà que la colère la reprenait.

Le garçon tourna brusquement la tête en abaissant son arc :

« Qu'est-ce que vous faites ici ?

— Je suis venue vous voir tirer, dit Philippa d'un ton neutre.

— Ce n'est pas un endroit pour les filles. »

Ce disant, il reprit son arc, comme si Philippa n'était pas là, et tendit la corde, l'œil sur la cible de paille qu'il avait appuyée sur le bas de la tour Moran.

... Pas tout à fait comme si elle n'était pas là, se dit Philippa, car il lui semblait qu'il bombait un peu trop la poitrine. C'est sans doute pour cela que le tir ne fut pas excellent. Estienne grommela un juron puis, faisant un geste brusque de la main, il dit :

« Allez-vous-en. Les filles portent le guignon.

— Je peux essayer ? demanda Philippa comme si elle n'avait pas entendu.

— Essayer quoi ?

— L'arc. »

Estienne la fixa avec stupéfaction, puis éclata de rire. Philippa en profita pour se saisir de l'arc, sans brusquerie, ce qui fit qu'Estienne ouvrit la main et le lui laissa.

L'arc était bien équilibré, pas trop lourd. Philippa sortit une flèche du carquois, la posa sur la corde et, sans penser à rien, sans respirer, tira vers la cible.

Immobile, le garçon fixait la cible, la bouche entrouverte, muet. Philippa appuya l'arc contre la muraille, tourna le dos et s'en fut. À aucun moment, elle ne se retourna pour regarder Estienne. Elle l'imaginait vert de rage, arrachant avec fureur la flèche du centre de la cible, la brisant en deux peut-être...

Elle attendit d'être remontée sur le boulevard pour éclater de rire. Ça avait marché formidablement, même si elle n'avait pas touché un arc depuis près d'un mois. La colère avait guidé sa main, et la chance s'était mise de son côté. En plein centre ! Elle avait tiré en plein centre ! Oui, la chance avait été de son côté. Elle en riait encore en pénétrant dans la cour.

« D'où venez-vous ? »

Philippa leva la tête. De la porte du couloir, Lucasse la considérait avec sévérité.

« J'étais... allée me promener.

— Seule ?

— Bien... oui. »

Lucasse eut un geste des mains, comme pour prendre le ciel à témoin.

« Et cela vous paraît normal : une jeune fille seule dans la rue ?

— Mais..., bégaya Philippa, ne sachant quelle contenance prendre, il y a beaucoup d'autres filles...

— Des cuisinières, des brodeuses, des servantes, des marchandes de soupe ! Pas des filles de miseur. »

Philippa demeura un moment stupéfaite, puis elle regarda Lucasse et répliqua d'un air candide :

« Je ne suis pas fille de miseur, seulement une orpheline qui aide aux écritures.

— Ne jouez point sur les mots.

— Elle n'a pas tort », dit une voix d'homme, celle de Jamet Boisguérin, qui se tenait en retrait dans le couloir.

Lucasse lui jeta un coup d'œil courroucé.

« Non vraiment, souffla-t-elle, vous ne savez pas élever une jeune fille. »

Sans se troubler, Jamet Boisguérin reprit :

« Il faut savoir ce que nous voulons : si nous l'élevons comme une bourgeoise, on aura tôt fait de chercher à savoir qui elle est vraiment.

— Nous ne pouvons tout de même pas... »

Lucasse fulminait. Jamet Boisguérin paraissait un peu ennuyé.

« Entrez », demanda-t-il à Philippa.

Ils ne dirent plus rien jusqu'à la petite salle, où le

souper était déjà servi. Enfin Jamet Boisguérin se tourna vers la jeune fille.

« Bon, vous êtes sortie – sans doute ne pensiez-vous pas à mal – et on vous a vue, ce qui est fort bien. »

Au regard noir de Lucasse, il expliqua :

« C'est la petite orpheline qui fait les écritures chez le miseur.

— Je l'ai dit à la tripière, intervint faiblement Philippa.

— C'est une excellente idée : sous peu, toute la ville le saura. Néanmoins, j'aimerais que vous évitiez dorénavant de sortir seule. »

Philippa ne répondit pas. Elle se sentait manquer de souffle.

« Par contre, reprit Jamet Boisguérin d'un ton consolant, vous pourrez sortir en ma compagnie, si vous le désirez, ou avec Lucasse. Vous pourrez aussi demander à vous faire accompagner par un valet de pied, ou une chambrière, car ils reviennent tous sous peu : je les avais envoyés remettre en état ma maison de campagne, sur mes terres de Thorigné.

— Il est grand temps qu'ils arrivent ! grogna Lucasse. Je ne suffis plus au ménage. Asseyez-vous et mangez : les merlans vont être froids. »

Jamet Boisguérin sourit à Philippa, comme pour se faire pardonner, et commenta :

« Merlans sont viandes de laquais, disait mon père, car ils n'empêchent point de courir.

— Merlans sont bons pour vieillards, ajouta Lucasse, car ils n'empêchent point de se lever.

— Je te remercie de m'y faire penser », ironisa Jamet Boisguérin.

6

Béatrice

Dans la nuit, le feu se déclara dans un moulin à tan[1], dans le quartier de la porte aux Foulons. Le tocsin réveilla la ville. Les fenêtres s'ouvrirent, les rues s'emplirent comme en plein jour, les torches s'allumèrent, les langues s'agitèrent.

On disait que les foulons, qui travaillaient souvent de nuit, avaient malencontreusement mis le feu à la poudre de tan, en passant près du moulin... On parla aussi évidemment de malveillance, on se rappela les incendies précédents, celui qui avait détruit tout un groupe de maisons, celui qui avait vu trois moulins

1. *Tan* : écorce de chêne, qui, réduite en poudre par des moulins à tan, sert à tanner les peaux.

s'effondrer dans la Vilaine, celui qui avait été allumé par la foudre et noyé par la pluie d'orage.

Chacun reniflait l'air avec inquiétude, essayant de déterminer si la fumée se rapprochait, supputant ce qui était le plus important à sauver si le feu arrivait jusqu'ici. On tentait de se rassurer : le moulin à tan était un peu isolé, aucune construction ne s'y accolait, et l'alerte avait été donnée à temps. Il n'empêche, on rassemblait des seaux d'eau près des portes sur la rue : on n'est jamais trop prudent.

Philippa n'avait pas osé descendre. De sa fenêtre, elle contemplait le va-et-vient des torches du côté de la place du Marché-à-l'Avoir, où chacun emplissait ses seaux à la fontaine. Le ciel s'éclaircissait peu à peu, annonçant l'aube. La fenêtre d'en face s'ouvrit.

« Il paraît que le feu est maîtrisé », dit Béatrice.

Elle n'avait pas à parler fort : en tendant les mains, les deux jeunes filles auraient presque pu se toucher. Ses cheveux dorés étaient défaits, et Philippa ne put s'empêcher d'admirer la grâce qui émanait d'elle. Même en tenue de nuit, sa beauté frappait. Philippa se pencha un peu en avant :

« Même si le feu est maîtrisé, notre nuit est terminée : je me sens incapable de me rendormir.

— Le feu est événement à la fois terrible et excitant. »

Elles observèrent un moment les mouvements de la rue, en bas, puis Philippa demanda :

« Votre trousseau avance-t-il ?

— Trop vite, je crois.

— Vous ne voulez pas vous marier ? »

Bien qu'il ne fît pas encore tout à fait jour, Philippa devina la tristesse sur le visage de la jeune fille.

« Mon père le veut. »

Philippa n'osa pas poser de question, de peur de devenir indiscrète. Elle regarda le ciel, puis les façades des maisons, dont les squelettes de bois se dessinaient peu à peu.

« Puis-je décevoir mon père ? dit encore Béatrice.

— Vous aimez beaucoup votre père... »

Béatrice ne répondit pas à la question. Elle ajouta seulement :

« Il met tous ses espoirs en moi : je suis son seul enfant.

— Il ne peut pas vouloir votre malheur. »

Béatrice sourit.

« Il ne se pose pas de telles questions. Je ferai un très beau mariage, qui lui fera grand honneur, car je suis riche, excessivement riche, et je le deviendrai plus encore. »

La jeune fille eut un rictus ironique.

« ... plus encore...

— Votre père possède-t-il vraiment une telle fortune ?

— Mon père... ma mère... mon oncle...

— Votre oncle Jamet ?

— Oui... oui, bien sûr, je suis sa seule héritière. »

Philippa contempla un moment la jeune fille sans rien dire, vaguement consciente que ce qu'elle apprenait pouvait avoir un rapport avec l'interdiction qu'on lui faisait de révéler son vrai nom et son lien de parenté avec Jamet.

« Jamet Boisguérin n'a pas d'héritier, murmura-t-elle machinalement.

— Aucun, malheureusement ! Cela me libérerait d'une partie de mes responsabilités.

— Est-il si triste de se marier ?

— Non, sans doute. Mais mon vœu le plus cher est de consacrer ma vie à Dieu. »

Elle soupira en ajoutant :

« Une telle fortune... enfermée dans un couvent... mon père en deviendrait fou.

— Et votre mère ?

— Elle est morte voilà six ans, en 1463, de la Grande Maladie[1]. Et mon cœur saigne toujours en songeant à elle... mais je vous ennuie, n'est-ce pas ?

— Oh non, au contraire !

— Je ne devrais pas me plaindre, devez-vous penser. Il y a tant de misère, et me voilà, geignant de trop de richesse, de me voir promis un beau mariage. »

Elle sourit comme pour se moquer d'elle-même avant de reprendre :

---

1. *Grande Maladie* : la peste, on ne prononçait jamais son nom, de peur de l'attirer.

« Parlez-moi de vous.

— Moi ? ... Je n'ai pas connu ma mère, j'ai perdu mon père voilà un mois, mais messire Boisguérin a accepté de m'accueillir sous son toit.

— Vous avez beaucoup de chance, mon oncle Jamet est un homme attachant, d'une grande bonté. J'eusse aimé qu'il fût mon père. »

Elle s'arrêta net, comme regrettant ses derniers mots.

« Vous l'aimez plus que votre père ?

— ... Je n'ai pas dit cela, non ! reprit vivement Béatrice. Mais dites-moi, mon oncle Jamet n'a-t-il pas l'intention de vous adopter ?

— Oh non, je ne crois pas... Non, je suis sûre que non.

— Ce serait pourtant merveilleux : vous me soulageriez d'une part de mon fardeau.

— Je crois qu'il ne faut pas y compter, dit Philippa en riant, et puis votre père...

— ... serait furieux, et même pire ! »

Le visage de Béatrice se referma. Elle répéta :

« Et même pire. »

Un moment, elle garda les yeux baissés puis, d'un coup, elle les releva et regarda Philippa.

« J'ai menti tout à l'heure, souffla-t-elle, je n'aime pas mon père. »

Elle porta brusquement les mains à son visage et se cacha les yeux. Philippa ne savait que dire. Ce fut

Béatrice qui, écartant peu à peu ses mains de son visage, reprit :

« C'est très mal, n'est-ce pas ?

— Je ne sais pas, dit Philippa, désemparée.

— C'est très mal, conclut Béatrice d'une voix étranglée. Excusez-moi... »

Les yeux baissés, elle se retira et ferma doucement la fenêtre.

« La cloche ! La belle cloche ! La cloche a besoin de main-d'œuvre ! Suivez-nous ! Venez avec nous ! Venez aider à fondre la plus belle cloche de Bretagne !

— Qui veut gagner du bon argent ? Qui veut souffler à la forge ? Qui veut charger le métal aux fourneaux ? Il y a gros à gagner ! »

Philippa prit conscience qu'elle était toujours accoudée à la fenêtre, et que le jour était levé. Elle jeta un regard sur les deux crieurs et reconnut ses compagnons de route. Un instant, elle faillit les interpeller, puis quelque chose la retint, et elle rentra dans sa chambre sans rien dire.

*

Sa robe neuve était d'un gris très clair, de coton souple, point trop riche comme l'avait voulu Jamet Boisguérin, mais confortable et fraîche. Il fallait s'y habituer : elle n'aurait plus jamais le droit de jouer les garçons, c'était, semblait-il, le prix à payer. Elle était devenue une jeune Rennaise, et c'était tout. À certains moments, le soir surtout, cela lui paraissait bien lourd, et elle songeait à s'en aller. Ne serait-ce pas plus simple, malgré l'affection qu'elle se découvrait jour après jour pour Jamet Boisguérin et sa servante ?

« Allons bon ! grogna messire Boisguérin dans la boutique. Voilà bien autre chose ! Mais qu'est-ce qu'il a, ce garçon ? Enfin, puisque j'ai dit oui, il n'y a pas à revenir là-dessus... Ah ! Philippa ! vous voilà. Je crois que je vais avoir besoin de vous : Estienne me fait faux bond, il vient de me demander s'il pouvait aller travailler à la forge de la cloche, pour gagner un peu d'argent. Si vous pouviez le remplacer, pour m'aider à la boutique...

— Bien sûr, dit Philippa, intriguée.

— Je me demande quelle mouche le pique ! remarqua Lucasse en ouvrant l'étal sur la rue. Il avait vraiment son visage des mauvais jours.

— Je ne comprends pas davantage, reprit Jamet Boisguérin. J'ai tenté de plaisanter, je lui ai dit : "De l'argent, vous en aurez, puisque vous allez gagner le concours de papegaut !" Savez-vous ce qu'il a répondu ? "Le concours de papegaut, je ne le ferai pas." »

Philippa, qui portait un rouleau de toile pour le poser sur l'étal, s'arrêta.

« Il ne le fera pas ?

— C'est ce qu'il m'a dit.

— Je me demande ce qui lui prend », grogna Lucasse.

Philippa ne dit rien. Confusément, elle se sentait déjà beaucoup moins contente d'elle que la veille. Mais après tout, tant pis pour lui ! Il boudait ? Qu'il boude !

« Il prétend, reprit Jamet Boisguérin, qu'il a vu le croquis de la cloche – vous savez, celui qui a été dessiné par Jehan Le Texier sur le mur intérieur de la cathédrale – et que ce croquis lui a donné envie de participer à la fonte de la cloche.

— Ça n'explique pas le papegaut ! fit remarquer Lucasse. Il y a vraiment des moments où ce garçon m'agace. L'autre jour, il m'a répondu comme si j'étais moins que rien.

— Je crois qu'il n'aime pas beaucoup les femmes, aventura Philippa.

— Non évidemment... il a des excuses. Sa mère est partie avec un saltimbanque voilà trois ans, plaquant là le père et ses cinq fils. Estienne est l'aîné, il n'a pas bien supporté. »

Philippa se sentait de moins en moins à l'aise. Elle revoyait le visage fermé d'Estienne, puis ses yeux exorbités quand il avait aperçu la flèche dans la cible. Elle saisit deux rouleaux de toile, et tâcha de ne plus y penser.

« Le moulin à tan qui a brûlé..., dit soudain le mercier, j'espère que ça ne mettra pas en retard les foulons, et par là même les drapiers, car j'ai une grosse commande de drap de Rennes, qu'on doit venir me prendre dans une quinzaine. Je vais aller me rendre compte. Je m'arrêterai aussi au chantier de la cloche pour voir s'il n'y a pas de problèmes avec le métal livré. »

C'est à ce moment qu'Estienne entra.

« Je reviens, dit-il en ne s'adressant qu'à messire Boisguérin, comme si les autres n'étaient pas là. À la forge, on n'aura besoin de moi qu'en fin de semaine, pour le soufflet.

— Ne devait-on pas débuter la fonte aujourd'hui ?

— Ils ont pris du retard. On commence seulement à crcuscr la fossc pour cntcrrcr lc moulc. Et puis, à cause de la chaleur qui va se dégager et du risque d'incendie, on a décidé de déménager toutes les réserves de munitions qui se trouvent dans le bas de la tour Saint-James. »

Sur la place du Champ-Jacquet, si tôt qu'il fût, la foule était déjà importante. Outre les femmes qui venaient simplement chercher de l'eau au puits, les badauds se pressaient, comme si leurs activités de la journée les obligeaient de traverser la petite place. Au débouché de la rue de la Filanderie, de gros madriers de bois encombraient la chaussée, empêchant presque l'accès à la chapelle Saint-James, ce qui fit que Philippa s'occupa d'abord de savoir où elle mettait les pieds, avant de lever la tête. Elle demeura stupéfaite : à côté de la petite chapelle, la tour s'élevait au moins à cent cinquante pieds[1].

« C'est magnifique ! » dit-elle presque pour elle-même.

Le miseur sourit.

« C'est magnifique », répéta Philippa sans même y penser.

Son regard détailla le beffroi au clocher pointu, les galeries, la tour solide qui le soutenait. Suivant le mouvement de ses yeux, le miseur commenta :

« Le beffroi est neuf, mais le bas est une vieille tour, qu'on appelle la tour Saint-James. Elle appartenait aux anciens remparts et, comme elle ne servait plus à rien depuis la construction de la nouvelle enceinte, nous l'avons utilisée comme base du beffroi. »

Les anciens remparts... Philippa eut un regard pour la rue qui s'ouvrait à côté de la tour. Dans des temps reculés il y avait sans doute là un pont-levis, et au-delà, on ne voyait que la campagne.

« Ici, poursuivit le miseur en désignant du doigt le chantier ouvert devant la tour, on va fondre la cloche. Cela évitera de faire ensuite du chemin pour la mettre en place. »

---

1. *Cent cinquante pieds* : environs quarante-huit mètres.

Le mot de « cloche » frappa soudain Philippa. Chantier de la cloche signifiait fondeurs. Les maîtres fondeurs, elle les connaissait, elle était venue avec eux depuis l'abbaye de Saint-Sulpice. Un court instant, l'affolement la gagna. Que leur avait-elle dit ? Elle réfléchit. Non... elle était sûre de ne pas avoir parlé du miseur. Elle leur avait dit... que son père avait été tué, et qu'elle rejoignait son grand-père à Rennes. C'est tout. À ce moment-là, elle ignorait si le miseur accepterait de l'accueillir et avait évité de s'étendre sur le sujet.

Elle eut un soupir de soulagement. Comme elle avait eu raison de ne point trop parler ! Les fondeurs ne savaient finalement rien de son histoire.

« Regardez, continuait le miseur sans s'apercevoir de son trouble, au-dessus de la tour, nous avons d'abord fait une première galerie, couverte d'ardoises, et un donjon à huit pans. Maître Alain Evrard est en train d'y installer les mouvements de l'horloge. Ensuite, vous voyez une deuxième galerie, qui entoure un deuxième donjon, plus petit. Là, sur trois côtés, on va mettre les cadrans de l'horloge. Sur le quatrième, dans la niche que vous apercevez là-haut, une statue grandeur nature de saint Michel, une statue couverte d'or... mais attention : pas une statue ordinaire, une statue qui bougera !

— On peut faire bouger une statue ?

— On le fera. Dans sa main gauche, saint Michel

tiendra le Diable enchaîné, dans sa main droite une épée. À chaque heure qui sonnera, saint Michel frappera le Diable de son épée, et chaque fois le Diable hurlera. »

Philippa en fut impressionnée, Elle se demandait comment un diable en plomb pouvait hurler, et se faisait la réflexion qu'elle n'aimerait pas beaucoup habiter en face d'un diable, même enchaîné, lorsqu'ils furent abordés par deux hommes, qu'elle avait déjà vus lors de la réunion du Conseil des bourgeois, chez le miseur : le capitaine-gouverneur[1] de la ville, et le connétable.

Les hommes se saluèrent, Philippa se tint en retrait. Personne ne lui prêtait la moindre attention.

« Que dites-vous de l'avancement des travaux ?

— Nous avons pris un peu de retard, dit le connétable, mais le résultat en vaut la peine. »

Philippa tourna la tête vers le chantier. Deux hommes montaient la garde, deux ouvriers travaillaient un grand morceau de bois, mais c'était tout. Les maîtres fondeurs n'étaient pas là. Même s'ils ne savaient rien, cela la soulagea.

« Je me demandais, reprit Jamet Boisguérin, si nous ne devrions pas faire recouvrir de plomb également le haut de la charpente. Cela éviterait le pourrissement. Les angles des galeries et les piliers au

1. Le capitaine-gouverneur administre la ville (c'est lui qui détient les clés de la ville).

niveau de la cloche me semblent particulièrement exposés.

— Demandons au plombier qui fait les gargouilles d'étudier un devis pour ces travaux.

— Il faudrait passer commande dès que la couverture du clocher sera finie, pour qu'on pose les gargouilles et les couvertures de plomb avant les pluies d'automne. »

Philippa s'éloigna un peu du groupe. La petite cabane de bois construite devant la tour l'intriguait. Elle entendit encore la voix du miseur qui répondait à une question :

« La confrérie des Merciers a déjà décidé pour sa part : elle offre gingembre, poivre, tissus, un bonnet d'écarlate et un de fourrure, quelques onces de safran. »

Probablement en étaient-ils à évoquer la venue du duc. Philippa s'approcha de la cabane. Il s'en échappait des bruits sourds. C'était là, sans doute, qu'on creusait le sol pour le moule de la future cloche. Les deux hommes qui montaient la garde, c'était pour protéger les ouvriers ? les outils ?

Non ! réalisa Philippa. Elle songeait à tout l'étain qui avait été collecté dans la ville : des chopes, des assiettes, des plats, des aiguières, qui attendaient là d'être fondus. Cela lui remit en mémoire le salaire des ouvriers travaillant au chantier, qui allait très prochainement être apporté à la maison du miseur par un groupe de gardes armés. Messire Boisguérin n'était pas tranquille de conserver cette somme importante chez lui, et sans doute n'avait-il pas tort. Mais pourquoi refuser finalement la proposition de Philippa de cacher cet argent dans sa chambre ? N'avait-il pas confiance ?

« Mais c'est elle ! »

Philippa sursauta.

« C'est bien Guillemette ! »

Grand Dieu, ils savaient son nom ! C'étaient les maîtres fondeurs. Elle se sentit comme vidée de son sang. Puis le rouge afflua à ses joues, et elle dit :

« C'est à moi que vous parlez ?

— À vous, oui.

— Dans ce cas, vous vous trompez, je m'appelle Philippa.

— Ah ! Excusez-nous, dit un homme.

— C'est qu'on l'a toujours vue habillée en garçon, fit remarquer l'autre. Ça trompe... Enfin, c'est pas vous... Dommage !

— Pourquoi "dommage" ?

— Ben, on avait quelque chose à lui dire, c'est tout. Quelque chose qui l'aurait intéressée. »

Les pensées se bousculèrent dans la tête de Philippa.

« En tout cas, vous lui ressemblez drôlement, reprit le premier.

— ... Attendez, vous dites que je lui ressemble,

c'est donc que vous voulez parler de Guillemette, de Fougères.

— Vous la connaissez ?

— Elle est de ma famille, une lointaine cousine.

— Pourriez-vous lui laisser un message ? C'est de la part d'un maître charpentier qui est passé par Rennes hier. Quand il a su qu'on avait fait le chemin avec la petite, il nous a dit de l'avertir si on la voyait : on a retrouvé un des assassins de son père. »

Philippa sentit son cœur s'arrêter.

« Qui est-ce ?

— Oh ! un bandit de grand chemin, sans intérêt. Ce qui est plus intéressant, c'est qu'il a avoué qu'on l'avait payé pour commettre ce crime.

— On l'a payé ? Qui l'a payé ?

— Il ne savait pas le nom, bien sûr.

— Mais que sait-il alors ? Il n'y a aucun autre renseignement ?

— Si. Mais vous êtes toute pâle.

— ... C'est que je connaissais bien le père de Guillemette.

— La seule chose que savait l'assassin, c'est d'où était l'homme.

— De Rennes ? bégaya Philippa au comble de la panique.

— Non, pas de Rennes, d'Orgères.

— Pas d'Orgères, rectifia son compagnon, de Cesson.

— C'est vrai, de Cesson. Vous le direz à Guillemette ?

— Guillemette n'est plus ici.

— Où est-elle ?

— Elle a appris que son grand-père était mort, elle est repartie...

— À Fougères ? »

Philippa essaya d'ordonner rapidement ses pensées. Il valait mieux brouiller les pistes :

« À Vannes, je crois, chez une de ses tantes. »

7

La plus affreuse rumeur

« À l'enseigne de la Tête-Noire, on met en perce un tonneau, bonnes gens ! À l'enseigne de la Tête-Noire ! »

Le crieur s'épongea le front. Il faisait toujours aussi chaud, jour après jour, et les jardins attendaient la pluie. Même s'il ne possédait qu'une toute petite bande de terre le long des remparts, à la porte Saint-Georges, il y tenait, et tremblait pour ses salades et ses choux. Les oignons, eux, sauraient supporter la soif. Par association d'idées, il se mit à crier :

« Comment supporter la soif ? Tous à l'enseigne de la Tête-Noire ! »

Il tendit l'oreille. Dans la rue perpendiculaire, une voix :

« Allez vous baigner et étuver sans délai. Les bains sont chauds ! »

C'était la voix de Colas Jacquemin.

Il se redressa et brailla à pleins poumons :

« À l'enseigne de la Tête-Noire, on met un tonneau en perce !

— Vous irez quand vous serez baignés et étuvés, les bains sont chauds ! Qu'on se le dise. Oyez ! Les bains sont chauds ! Ne perdez pas de temps.

— ... et filez à l'auberge de la Tête-Noire. »

Les deux crieurs s'esclaffèrent en se rejoignant à l'entrée de la rue du Vau-Saint-Germain.

« Tu cries pour les tavernes, aujourd'hui ?

— Avec cette chaleur, taverne ou bains, ça se vaut. Quelles nouvelles ?

— J'en ai une, une amusante... Tu te rappelles, la petite Raoulette, l'ancienne servante de notre miseur, elle avait eu un bébé, une fille, y'a une douzaine d'années, eh bien voilà que le bébé vient d'être recueilli par le miseur. La crédulité n'a pas de bornes !

— ... Qu'est-ce que tu veux dire ?

— Ben... Boisguérin croit que le bébé est de lui, alors que son père, c'était le Jacquot de la rue Saint-Georges, l'ancien patron de la taverne de l'Hermine, tout le monde le sait !

— Ah ! moi je ne le savais pas. Ah ! elle est bonne ! »

Colas se mit à rire.

« Faut-il être bête ! Il croit que c'est sa fille et il la recueille. Ah ! faut-il être bête !

— En tout cas, en voilà une qui fait une bonne affaire !

— La petite, tu veux dire ?

— Dame... Oh ! La Julienne, viens donc voir par là ! »

Une jeune femme s'approcha, très droite, tenant en équilibre sur sa tête un pot de lait. Sur le rebord du pot était perchée une mésange, qui buvait sans façon.

« Écoute donc, Julienne, ce que je viens d'apprendre.... »

Le grand portier, Jehan Duchesne, sortit de chez lui. Il demeura un moment à la porte de la tour, contemplant avec colère les immondices qui s'accumulaient le long des remparts.

« Ils viennent faire leurs besoins jusqu'au pied de la tour, grogna-t-il. Quelle infection ! »

Le placis Conan, qui s'étendait devant la tour Duchesne, semblait un peu plus propre, sans doute pour la simple raison qu'on y était moins à l'abri des regards, mais il était encombré des matériaux les plus divers : planches, tonneaux vides, et même un tas de fumier que fouillaient un troupeau de porcs et quelques chiens, des pavés attendant d'être posés, et un monceau de gravats qui avaient dû être déposés pendant la nuit. C'était insupportable.

Jehan Duchesne donna un coup de pied dans une vieille roue de charrette qui bouchait le passage, et descendit vers le cimetière Saint-Yves, pour s'apercevoir avec découragement qu'on y avait entreposé tout un lot de madriers de construction. Rue du Port, il faillit bien recevoir le contenu d'un vase de nuit, qu'on jetait négligemment par la fenêtre, sans se préoccuper des passants. Cela acheva de le mettre en rage.

D'un pas excédé, il gagna la demeure du miseur, et passa par la cour pour ne pas déranger la vie de la boutique. Sous le platane, il trouva Philippa, qui donnait à manger à deux chiens errants.

« Voilà ! lança-t-il, si on les nourrit, ils se reproduiront encore plus et sèmeront la pagaille partout. »

Un instant interloquée, Philippa se ressaisit et sourit au grand portier.

« Si on les nourrit, ils n'iront plus chaparder et ne causeront aucun désordre. »

Jehan Duchesne eut une petite grimace surprise, et choisit de rire :

« Ah ! petite damoiselle, toujours le mot qui porte juste ! »

Philippa caressa la tête d'un des chiens. Elle aimait

bien le grand portier, ses coups de colère et ses rires gais.

« Messire Jamet est sorti, indiqua-t-elle.

— Dommage ! Je voulais lui parler de...

— C'est comme s'il vous avait entendu : le voici.

— Ah ! Jamet ! avez-vous vu l'état du placis Conan ? ... pour ne pas parler des remparts, et de la rue du Port, et du cimetière Saint-Yves... et de toute la ville ! Le duc François aura un bel accueil.

— Je le sais, hélas ! Il nous faut aviser, faire tout nettoyer d'ici sa visite.

— Toute la ville ? Ça me paraît difficile.

— Au moins la vieille ville. Le duc logera chez Arthur Brécart, dans son hôtel de la rue Saint-Yves. Il faut donc déjà nettoyer et pavoiser depuis la porte Mordelaise jusqu'à la rue Saint-Yves.

— Quel trajet le capitaine a-t-il prévu ?

— Il ne veut pas faire emprunter au cortège la rue Saint-Denis ni la rue du Griffon, ni celle-ci : ce sont les mieux entretenues et les mieux pavées, mais le trajet serait un peu court. Le duc passerait donc par la rue de la Cordonnerie, le Grand Bout de Cohue et reviendrait par le Marché-à-l'Avoir.

— Eh bien ! Il y a fort à faire : il est puant de bouses et d'immondices. Il faudrait tout nettoyer et tout jeter dans la Vilaine.

— Pas dans la Vilaine... tout cela finit par rester coincé sous les arches du pont, et par cette chaleur, la puanteur... Ah ! Voilà des années que nous nous heurtons à cela : que faire des immondices ? Les charretiers que nous payons arrivent à peine à enlever le plus gros. Il faudrait instituer un vrai service de voirie, expédier les détritus hors de la ville... mais cela constitue une trop forte dépense. Nous en revenons toujours à ce point. »

Vaguement consciente de l'impolitesse qu'il y avait à s'immiscer dans une conversation d'adultes, Philippa ne put s'empêcher tout de même de glisser :

« Chaque soir, beaucoup de charrettes sortent de la ville. Elles sont vides... »

Les deux hommes se regardèrent.

« Obliger..., dit rêveusement Jamet Boisguérin, chaque charrette apportant des marchandises à remporter des détritus...

— Cette petite a la langue drôlement faite », commenta le portier avec un sourire amusé.

Longtemps, Philippa demeura sous le platane, appuyée au tronc fort et dur. Pas un instant n'avait pu la quitter la pensée de son père. Qui avait donc pu vouloir sa mort ? Qui ? Elle en revenait toujours à cette question. Par moments elle avait envie de courir vers l'assassin, de lui demander... Mais les maîtres fondeurs avaient sûrement raison : l'assassin ne savait rien. Quand on commandite un crime, on ne donne pas de détails. Elle tournait et retournait sans cesse ces pensées dans sa tête, et finissait toujours sur le vague soulagement que le commanditaire du crime n'était pas de Rennes... Il fallait essayer d'arrêter de rabâcher les mêmes mots, et s'occuper d'autre chose. De quoi ? D'Estienne, par exemple. Elle s'était promis de...

Philippa passa par l'arrière-boutique où régnait une forte odeur de salpêtre, dont plusieurs sacs venaient d'être livrés pour refaire les réserves de poudre à canon. Elle jeta un coup d'œil discret vers la boutique, et aperçut Estienne appuyé au comptoir, à rêvasser. Pour signaler sa présence, elle déplaça une petite caisse de savon noir. Aussitôt le garçon se redressa et se mit à entasser au pied du comptoir les barres de fer qui devaient être livrées pour la réfection des grilles de la porte Saint-Georges.

« Il n'y a guère de chalands, ce matin », remarqua Philippa d'un ton qu'elle voulait détendu.

Le garçon ne répondit pas.

« Je vois que vous ne me parlez plus... »

Saisissant un sac de noix de galles[1], il le chargea sur son épaule, et lança :

« Prévenez maître Boisguérin que je suis allé porter ces galles chez les tanneurs.

— Et qui s'occupera de la boutique ?

1. *Noix de galles* : il s'agit des galles de chêne, qu'on utilise pour tanner les peaux.

— Vous n'avez qu'à y rester.

— Ah non ! s'écria Philippa. Vous n'avez pas à décider ce qui vous arrange. De plus, j'ai à vous parler.

— Moi, je n'ai pas envie de vous parler. Que maître Boisguérin vous recueille, c'est son affaire, mais il ne faudrait pas vous monter la tête et croire que vous pouvez avoir la moindre importance ici. Tout marchait parfaitement avant que vous n'arriviez.

— Posez ce sac et écoutez-moi, dit Philippa sans se démonter et en tirant si fort sur le sac qu'Estienne faillit perdre l'équilibre. Pourquoi allez-vous travailler à la forge, alors que vous avez toutes vos chances au papegaut ?

— Je me fiche du papegaut ! »

Il sortait, Philippa le rattrapa.

« C'est une sottise. Ce n'est pas parce que je tire bien que cela vous enlève quelque chose.

— Qu'est-ce que vous me racontez ? Je me fiche pas mal de la façon dont vous tirez. Vous vous donnez vraiment trop d'importance ! »

Il repositionna son sac sur l'épaule et sortit, laissant Philippa furieuse.

La jeune fille serra les poings. Elle n'avait pas réussi. Réussi à quoi ? À guérir Estienne de sa vexation ? Non... à soigner ses propres remords. Elle avait voulu se venger, et il le méritait, tout de même ! Mais en même temps, sans le vouloir, elle lui avait ôté sa seule consolation : sa conviction de la supériorité des garçons. Elle avait mis à bas son seul rempart et cela, elle ne pouvait pas en être fière.

Elle tourna la tête. Lucasse venait d'entrer.

— Estienne vous a encore dit des méchancetés ?

— Non... Non.

— Ne faites pas trop attention. Estienne veut s'expliquer à lui-même que sa mère est partie juste parce qu'il est dans la nature des femmes d'être inconstantes, sottes et donc sans intérêt. »

Est-ce que cela n'était pas pire, de vouloir lui prouver le contraire ? Cela ne l'enfoncerait que plus dans le désespoir.

« Excusez-moi », dit rapidement Philippa.

Et elle bondit dans la rue. À peine la pensée de l'inconvenance de ce qu'elle faisait l'effleura-t-elle : elle sortait seule, et en courant, de plus ! Elle rattrapa Estienne au bout sur la place et le retint par la manche.

« Je ne vous ai pas expliqué, Estienne, que si je sais tirer, c'est parce que j'ai été élevée comme un garçon. »

Estienne lui jeta un regard méprisant qui la cloua sur place. Elle le regarda s'éloigner, sans bouger. Elle se rendait compte que ce qu'elle venait de dire n'avait rien arrangé. Dans l'état d'esprit où était Estienne, sa phrase pouvait s'interpréter ainsi : les filles réussissent aussi bien que les garçons si on leur apprend la même chose. Ce n'était pas le sens qu'elle voulait donner à ses paroles. Elle revit le regard d'Estienne, et un sentiment de colère subit la submergea. Après tout, elle n'allait pas s'abaisser ! Si Estienne voulait croire des sottises, elle n'avait pas à entrer dans son jeu, même pour le consoler. Le fait que sa mère soit partie ne lui donnait pas toutes les excuses ! Elle avait tenté de lui venir en aide : il la méprisait. Eh bien, qu'il reste dans sa boue ! Pour sa part, c'était terminé !

Elle se retourna brusquement et faillit renverser la laitière, qui discutait à voix basse avec l'oublieur.

« Pardonnez-moi », dit-elle en levant la tête.

La femme la dévisagea d'un œil ironique, et Philippa retrouva la même expression dans le regard de l'oublieur. Elle passa son chemin.

« C'est donc là le coucou ? » lança l'oublieur assez fort pour qu'elle l'entende.

Surprise, elle tourna la tête.

« C'est à moi que vous parlez ?

— Tout juste. »

Elle lut de la méchanceté dans le regard. L'homme dit :

« Le coucou pond ses œufs dans le nid d'un autre oiseau, et quand le petit coucou naît, son premier geste est de jeter par-dessus bord les autres œufs, pour rester seul dans le nid.

— Pourquoi me dites-vous cela ?

— Et le coucou se fait nourrir par des oiseaux qui, sottement, croient être ses parents. »

Philippa fit quelques pas à reculons, puis tourna les talons et se dirigea vers la maison du mercier, en tentant de résister à l'envie de courir. Tout se bousculait dans son esprit. Qu'y avait-il derrière les mots qu'elle venait d'entendre ? Rien de sain. En tout cas rien de bon pour elle, rien de bon non plus pour le miseur. Elle ne voulait pas lui faire de tort. De nouveau, un sentiment de culpabilité l'envahit.

Quand elle entra dans la mercerie, elle eut l'impression que tout le monde la regardait. Il y avait beaucoup de chalands et Lucasse était seule pour servir. Philippa se mit à entasser nerveusement les fourrures qui avaient été déballées dans la matinée, et mesura une aune de drap de Bernay pour la chambrière du connétable, puis deux aunes de toile blanchie.

La boutique ne désemplit pas de la journée, et Estienne semblait s'être volatilisé.

Vers le soir, le ciel se couvrit et le tonnerre roula au loin. De grosses gouttes s'écrasèrent sur les pavés. Un éclair illumina la nuit, le ciel craqua, des trombes d'eau se déversèrent sur les toits, faisant vomir les gargouilles et déborder les gouttières. Derrière le carreau, à travers un rideau mouvant de pluie, Philippa entrevit le visage de Béatrice, mais celle-ci ne sembla pas remarquer sa présence.

Philippa se jeta à plat ventre sur son lit, enfouit sa tête dans l'oreiller et se mit à sangloter.

8

Il vaut mieux partir

Philippa plia soigneusement sa robe grise sur le coffre à vêtements, passa sa chemise de garçon, ses chausses et sa cotte de drap souple, puis elle ramassa ses cheveux en chignon, et les dissimula sous le chapeau. Elle s'en allait, et c'était mieux pour tout le monde. Il ne fallait rien regretter. Elle eut un pauvre sourire pour ses chausses, qu'elle retrouvait avec tant de plaisir.

« Maître Boisguérin ! Maître Boisguérin ! »

De la rue, une voix excitée, qu'elle ne reconnut pas tout de suite, appelait. Philippa ouvrit sa fenêtre et se pencha.

« Messire Boisguérin est absent, vous le savez bien.

Il est parti hier pour sa maison de Thorigné. Il ne reviendra que dans l'après-midi.

— La rivière a monté, cria Estienne, tout le sud de la Vilaine est sous les eaux et, de ce côté-ci, l'hôpital Saint-Yves menace inondation. Il faut évacuer tout de suite les malades.

— Attendez-moi, je descends. »

Philippa ferma vivement la fenêtre et dévala l'escalier. Dehors, le caniveau charriait une eau sale et noire, entraînant les immondices de la place du Marché-à-l'Avoir. L'eau courait dans le sens de la pente, vers la rue des Lauriers. Estienne et Philippa suivirent son flot jusqu'à la rue du Port-Saint-Yves, où l'eau cherchait en vain à se jeter dans la Vilaine. Contrée par les nouveaux remparts qui contenaient la rivière, elle montait peu à peu, envahissant déjà le cimetière Saint-Yves et l'hôpital qui lui faisait face.

La rivière, ne pouvant s'étendre sur ses berges au nord, se vengeait vers le sud, où elle unissait la force de ses nombreux bras, pour s'étaler largement, redessinant les rues, submergeant les jardins, étirant à perte de vue ses eaux miroitantes sous le ciel gris.

Philippa s'arrêta, suffoquée par cette vision étonnante. Il n'y avait plus de rivière, plus de ruisseaux, seulement cette étendue incroyablement uniforme.

« Je n'ai jamais vu une chose pareille », souffla-t-elle.

Estienne lui jeta un regard de côté, presque surpris de la voir là. Et c'est seulement alors qu'elle se rendit compte qu'elle l'avait suivi, sans que ni l'un ni l'autre l'ait vraiment choisi. Le regard d'Estienne s'était brièvement arrêté sur son costume de garçon ; il ne fit aucune observation.

La porte de l'hôpital était grande ouverte, et on sortait déjà les malades. Les premiers furent remontés jusqu'à la place Saint-Pierre, seul endroit surélevé où il y eût un peu d'espace.

« Occupez-vous plutôt des enfants ! » lança Estienne en descendant vers la porte de l'hôpital.

Philippa ne sut s'il s'agissait là d'une nouvelle vexation, mais elle reconnut qu'il avait sans doute raison. À sa suite, elle entra dans l'eau.

À l'intérieur de la vaste salle, la boue gagnait déjà le rebord des lits où les malades, par deux ou trois sur chaque matelas, s'agitaient en poussant des exclamations effarées.

« Au fond ! cria une religieuse. Il n'y a pas assez de brancards. Que ceux qui peuvent porter, seuls, un malade, le fassent. Allez prendre les enfants au fond. Toi, mon garçon, porte les petits. »

Consciente qu'on s'adressait à elle, Philippa pataugea jusqu'au bout de la grande salle, dans l'eau qui montait toujours, et se saisit d'un enfant qui la fixait de ses grands yeux bruns, les larmes ruisselant silencieusement sur ses joues écarlates. Il n'était pas très lourd. Elle le glissa à califourchon sur son dos et se

dirigea vers la sortie. Elle avait maintenant de l'eau jusqu'aux genoux.

« Dépêchez-vous ! cria la religieuse. Après les malades, il faudra sortir les lits. Si la literie prend l'eau, c'est une catastrophe ! Allez, vous autres, ceux qui peuvent sortir seuls, tâchez d'emporter des matelas ! »

Elle s'adressait aux non-malades, à ceux qui n'étaient admis à l'hôpital qu'à bout de misère et de dénuement. Elle les aidait comme elle pouvait. Ils n'étaient tolérés ici que dans les périodes fastes, sans guerre ni épidémie, quand le nombre des malades ne dépassait pas trois par lit. Des vieillards, maigres et affolés, se tournaient de tous les côtés, ne sachant à quoi se résoudre.

« Ah ! grogna la sœur, si on est obligé de s'occuper même des valides, on n'en finira jamais ! »

Philippa sortit.

Le plus difficile, ce n'était pas de porter, mais de supporter les gémissements, d'entendre les enfants pleurer qu'ils avaient mal, qu'on appuyait sur leurs blessures, les vieillards se lamenter sans raison, juste de voir leur univers se dissoudre. Malgré tout, Philippa fit un nombre incalculable d'aller et retour, portant sur la fin deux enfants en même temps, un sur son dos, un dans ses bras, un bébé si possible. Cela lui rappelait l'incendie de la maison du cordonnier, à Fougères, où elle avait aperçu un nourrisson hurlant dans la ruelle du lit, et l'avait sorti sur son épaule. Ses reins commençaient à la faire souffrir.

On disait que les égouts de la Parcheminerie dégorgeaient leurs saletés, que des carcasses d'animaux, des entrailles, des déchets, flottaient au Champ-Dolent[1], et c'est sans doute tout cela qui empuantissait l'air.

Philippa fit un geste pour retenir son chapeau, et sentit le corps du petit qu'elle portait dans le dos glisser sur le côté. Ne sachant comment rattraper l'enfant sans lâcher le bébé, elle eut un mouvement de panique. Une main aussitôt se saisit du petit pour le soulever.

« Quand on n'a pas la force, se moqua Estienne, on n'essaie pas de se prendre pour Samson ! »

Il jucha l'enfant sur ses épaules.

« Attention, dit Philippa, il est trop malade, il n'arrive pas à se tenir. Prenez-le dans vos bras. »

Comme elle tournait la tête, son pied glissa sur la boue gluante et elle atterrit sur le flanc, protégeant de son bras le bébé qu'elle portait toujours. Une douleur fulgurante lui traversa le coude et se répercuta jusqu'à son épaule. Avant d'avoir eu le temps de comprendre ce qui lui arrivait, elle aperçut près d'elle le genou d'Estienne. Tenant toujours l'enfant contre lui,

1. *Champ-Dolent* : quartier des bouchers (Champ Dolent signifie champ des douleurs).

il redressa d'un mouvement vif le chapeau de la jeune fille, puis il jeta alentour un regard inquiet. Mais chacun était trop occupé à sauver qui ses meubles, qui les malades. Sans s'inquiéter de la grimace douloureuse de Philippa, il eut un vague sourire.

« Si on vous reconnaît déguisée en garçon, ce ne sera pas bon pour la réputation de messire Boisguérin, et messire Boisguérin ne mérite pas cela. »

Un court instant, Philippa se demanda si elle devait le remercier ou le gifler. Elle ne fit rien et se releva. Son bras semblait fonctionner toujours.

Elle déposa le dernier enfant hurlant sur les marches de la cathédrale, et se laissa tomber près de lui. Estienne avait disparu. Tout en frottant ses mains boueuses à un pan de sa chemise, elle regarda autour d'elle. Posés à même le sol, les malades semblaient prostrés. Une vieille femme sanglotait doucement. Philippa hésita un court instant à aller lui parler, mais elle ne se sentait plus une âme de consolatrice. Elle se leva et s'éloigna. Elle avait envie de vomir, peut-être seulement à cause de la douleur de son bras.

Descendant jusqu'au placis Conan, elle se fraya un passage vers la tour Duchesne et grimpa sur le haut du rempart.

Le faubourg de Bourg-l'Évêque, par-delà la porte Mordelaise, ne semblait pas trop touché, mais les champs de vignes qui s'étendaient sur le bord de la rivière étaient noyés, et l'eau avait même envahi tout l'espace où devait se tenir bientôt la foire des Polieux.

« Regardez ! » dit un homme, près d'elle.

C'était la voix du grand portier, Philippa détourna vite la tête, de peur qu'il ne la reconnaisse, mais Jehan Duchesne ne l'avait sans doute pas vue, il parlait avec le capitaine-gouverneur de la ville.

« Ce chaland, sur le champ des Polieux, continua-t-il, il paraît qu'il a sombré à côté de la tour de Chicogné, et le voilà emporté jusque-là.

— Je n'ai jamais vu tant d'eau, observa le capitaine.

— Ça... c'est à cause de la deuxième enceinte. On l'a construite trop près de la rivière. Au résultat, le lit de la Vilaine est beaucoup trop étriqué.

— Et les arches ! Regardez les arches Saint-Yves : c'est vrai qu'elles empêchent l'ennemi d'entrer, mais elles empêchent aussi l'eau de s'écouler. Un simple orage, et tout se bloque ! Déjà en temps normal, les meuniers se plaignent qu'à chaque pluie l'eau monte trop, et que les moulins s'engorgent, surtout ceux du pont de la Poissonnerie.

— Messire capitaine ! »

Un sergent arrivait en courant.

« Messire capitaine, messire le connétable de la Ville Nouvelle[1] vous fait dire que les planches du

---

1. *Ville Nouvelle* : partie de la ville située au sud de la Vilaine et, à cette époque, nouvellement enclose de remparts. Il y eut parfois à Rennes deux connétables, dont un pour la Ville Nouvelle.

Puits-Mauger et du ruisseau de Joculé ont été emportées, mais que les autres ponts ont résisté.

— Comment est la situation, là-bas ?

— Il y a beaucoup de morts, messire capitaine.

— Que sait-on du manoir de Toussaints ?

— Tout le quartier de la porte Toussaints est sous les eaux. Le manoir de messire le connétable aussi... »

Philippa rentra seule rue du Four-au-Chapitre, d'un pas traînant. Elle se sentait épuisée. La boutique était fermée, Estienne absent. Elle passa par la cour. En ouvrant la porte du couloir, elle ôta son chapeau. Ce n'est qu'au moment où ses cheveux retombèrent sur ses épaules qu'elle aperçut quatre personnes dans le couloir, quatre personnes qu'elle n'avait jamais vues, deux hommes et deux femmes. Instinctivement, elle fit le mouvement de remettre son chapeau, mais c'était trop tard. Quatre paires d'yeux la fixaient avec surprise.

Les serviteurs, de retour de la maison de campagne ! réalisa-t-elle soudain. Comme elle balançait sur la conduite à tenir, elle entendit la voix du miseur.

« Voici Philippa. Elle vit ici et aide aux écritures. Elle est mon œil... »

Il s'interrompit un instant en découvrant la tenue de Philippa, et finit :

« ... et ma main... J'ai à vous parler, Philippa. Passons dans la petite salle, si vous voulez bien. »

Très mal à l'aise, la jeune fille suivit la haute stature du miseur.

« Asseyons-nous. Philippa... Je ne voudrais pas vous paraître trop rigide, mais il me semblait entendu que vous adopteriez à Rennes une tenue féminine. Croyez bien que ce n'est pas pour moi que je le dis, mais les habitudes sont difficiles à contrer, et les langues toujours bien acérées. »

Devant les yeux baissés de Philippa, il poursuivit :

« Croyez aussi que je comprends. Estienne m'a expliqué ce que vous aviez fait ce matin, et je serais personnellement plus enclin à pencher pour une fille en costume de garçon qui sait se rendre utile, que... Enfin, je pense que vous devriez aller prendre un bain. »

Alors seulement, Philippa prit conscience de sa saleté. Ses chausses étaient noires jusqu'aux genoux, sa cotte tout éclaboussée, ses mains grisâtres et ses souliers recouverts d'une gangue de boue.

Elle regarda le miseur. Ce discours était bien dans sa manière : des remontrances de conventions, comme s'il faisait son devoir, mais finissant d'une manière abrupte qui ôtait toute gravité à ses paroles. Sa bonté rendait plus difficile ce qu'elle avait à lui dire.

« Je vous dois la vérité, messire Boisguérin. Je n'ai pas voulu vous mettre dans l'embarras. Si je me trouve dans cette tenue de garçon, c'est que je m'en allais.

— Vous vous en alliez ? Où ?

— Je retourne à Fougères... Non, ne dites rien. À Fougères, il n'y a pas de problème pour moi, j'obtiendrai facilement une place de servante.

— Mais enfin..., bégaya le miseur stupéfait, vous n'êtes pas bien, ici ?

— Si, si. Mais il faut que je parte. »

Elle considéra les yeux bleus, empreints de tant de désarroi. Subitement, elle faillit lui parler de la mort de son père, de ce qu'elle en avait appris, et peut-être prétendre que ce qui motivait son départ, c'était le souhait d'en savoir plus. Sans démêler pourquoi, elle s'abstint, et se contenta d'ajouter :

« Je ne veux pas vous déranger plus longtemps.

— Me déranger ? Qui dérangez-vous ? »

Il se leva et se mit à arpenter la pièce, les mains dans le dos, tout comme le jour de son arrivée.

« Avez-vous songé, dit-il enfin en s'arrêtant, que je ne puis me passer de vous ? Vous avez fait de gros progrès en écriture, et vous me rendez un immense service ici !

— Vous pourrez trouver quelqu'un d'autre pour vos écritures, messire Boisguérin.

— Sottises ! grommela le vieil homme. Vous savez bien qu'il ne s'agit pas seulement de cela.

— Ma vie d'avant me manque, souffla Philippa en baissant les yeux. La campagne...

— Je vous emmènerai à ma maison de Thorigné le plus souvent possible, vous vous y plairez.

— Cela... Non, je ne puis... »

Jamet Boisguérin se planta devant elle et la fixa d'un œil sévère :

« Vous voulez donc me laisser seul !

— Vous n'êtes pas seul, messire Jamet.

— Allons, Philippa, je m'étais si bien habitué à vous, à parler et à rire pendant le repas, à un peu de jeunesse dans cette maison.

— Excusez-moi, murmura Philippa. Moi aussi, je vous aime bien.

— Mais votre vie d'avant vous plaisait mieux... »

Philippa ne dit rien.

« C'est bon, reprit le miseur d'un ton las. Je ne puis vous retenir de force... »

Il se leva et se dirigea à pas lents vers le couloir. Les deux mains à plat sur les cuisses, Philippa ne bougea pas, attendant qu'il sorte. Le pas du miseur s'arrêta près de la porte. Venant du couloir, Philippa perçut le froissement caractéristique de la robe de Lucasse.

« Ah ! lança celle-ci en posant ses paniers, les langues se fatiguent moins vite que les bras. »

Sous l'œil interrogatif du miseur, les poings sur les hanches, elle poursuivit :

« La vendeuse d'oignons, cette grosse truie...

Savez-vous ce qu'elle m'a dit, avec sa langue sucrée de venin ? "Vous avez de la chance de travailler pour un maître si bon." Je suis un peu étonnée. Je lui dis : "Pourquoi vous me dites ça ?" "Dame, qu'elle me fait, un homme assez bon pour nourrir en son sein l'enfant d'un autre !"

— Quoi ! souffla le miseur, les yeux exorbités. Est-ce que...

— Renseignements pris, interrompit Lucasse, le bruit court que Philippa est la fille de cette servante, la Raoulette, qui est partie il y a bien longtemps.

— Je ne comprends pas...

— On raconte que, comme vous aviez sûrement commerce avec cette Raoulette, vous avez cru que l'enfant était de vous, et vous avez recueilli Philippa, qui s'est fait passer pour votre fille.

— Qu'est-ce que c'est que cette histoire ?

— La rumeur, qui passe toujours pour plus vraie que la vérité. »

Pris d'une pensée subite, Jamet Boisguérin se retourna vers Philippa :

« Vous aviez entendu cette rumeur ?

— Il vaut mieux que je m'en aille, messire Jamet. Je ne veux pas vous causer de soucis. Vous voyez bien que cette situation est trop embrouillée.

— Mon Dieu ! C'était pour cela que vous vouliez partir ?

— Il faut que je m'en aille.

— Oh ! Que nenni ! Je ne vous laisserai pas partir ainsi, croyez-moi. »

Le miseur s'était redressé de toute sa haute taille, tendu et fâché.

« Allez prendre un bain, continua-t-il d'un ton qu'elle ne lui avait jamais entendu, et mettez votre plus belle robe, celle de satin pourpre, que j'aime bien. Je suis invité chez messire Brécart, et je vous y emmène. »

Un moment, Philippa demeura immobile, hésitante, puis elle sortit sans rien dire.

« Eh bien, souffla Lucasse, c'est bien la première fois que vous lui parlez sur ce ton !

— Quel ton ? ... Crois-tu qu'elle l'aura mal pris ? »

Lucasse éclata de rire :

« Mais non ! Il ne faut pas grand-chose pour vous inquiéter. De temps en temps, j'aurais bien aimé qu'on me parle ainsi ! »

Et elle rentra dans la cuisine, sans cesser de secouer la tête d'un air amusé.

9

Coup de théâtre

Les jours qui suivirent furent de deuil. On déblaya les caves, on enterra les morts. La rivière était rentrée dans son lit. Les nuits furent de prière.

Inlassablement, les crieurs arpentaient les rues, agitant leurs clochettes et rappelant à tous de faire pénitence, d'implorer Dieu pour le pardon des disparus. Puis la vie revint avec la chaleur de ce début d'été, et les affaires reprirent leur cours.

Portant son écritoire sous les bras, Philippa marchait au côté du miseur. On entendait au loin des bruits sourds, les détonations de la grosse bombarde que l'on essayait dans les champs Saint-Martin. Rue de la Vieille-Laiterie, presque sous la porte Baudrière, ils rencontrèrent maître Gicquel, mercier et père d'Estienne. C'était un homme un peu sec, grand, de la même blondeur que son fils, et qui semblait porter sur son visage un pli permanent d'amertume. À peine eut-il salué qu'il leva un doigt appelant l'attention, et fit observer :

« Il y aura beaucoup de problèmes à soulever, lors de cette réunion. Et je voudrais qu'on commence par celui des colporteurs. Ils nous font une concurrence insupportable. Il y en avait même ce matin à l'entrée de la Cohue[1]. Cela passe l'entendement ! Soyons clairs : la confrérie des Merciers possède ses cinquante-huit étals réservés dans la Cohue. Pas un de plus ne sera ouvert, et la loi doit nous protéger de tels abus... Et je ne parle pas de ceux qui s'installent sous les portes cochères et vendent à la sauvette.

— Je suis passé à la Cohue ce matin, et n'ai rien vu.

— C'est qu'ils ne se tenaient pas au Grand Bout de Cohue, mais au Petit Bout. Il faut leur faire procès, c'est le seul moyen de s'en débarrasser.

— Vous pourrez soumettre la question à la réunion », proposa Jamet Boisguérin tandis qu'ils tournaient à gauche pour remonter la rue Neuve.

Philippa aimait bien cette rue. Elle avait été construite le long des premiers remparts, sur les anciennes douves, ce qui faisait qu'elle était plus large

1. *Cohue* : grand marché couvert.

et aérée que les autres. Elle rejoignait tout droit le haut du Champ-Jacquet, mais ils n'allèrent pas jusque-là, s'arrêtant à la maison de la confrérie.

Trois merciers étaient déjà là, devisant sans impatience devant la porte fermée. Le détenteur des clés arriva d'ailleurs immédiatement derrière Prigent Gicquel, Jamet Boisguérin et Philippa. Il s'agissait de Gilles Boisguérin de Villefranche lui-même, frère de Jamet et prévôt de la confrérie. De son air toujours sévère, il introduisit la lourde clé dans la serrure et fit jouer la porte sur ses gonds. Ce faisant, il jeta à Philippa un coup d'œil qui lui laissa une fâcheuse impression.

« Tout le monde n'est pas arrivé ? demanda-t-il sans plus la regarder, en comptant des yeux les hommes présents... Six... Et quatre que voilà... Dix. Manquent encore cinq personnes. Il ne faut pas prendre de retard : dans deux heures a lieu la coulée de la cloche, et nous nous devons d'y être. »

Il avait à peine fini ces paroles qu'un grand bruit se fit dans la rue, un grand bruit de charrette renversée et de hennissements. Tous les hommes ressortirent aussitôt de la maison de la Confrérie. À leur porte même, deux chevaux se battaient, dans l'affolement général. L'un avait cassé un des brancards de sa charrette, et le bois déchiqueté menaçait à chaque instant de lui percer le flanc. Son propriétaire se démenait vainement pour tenter de le contenir.

« C'est à cause de toutes ces pointes par terre ! cria-t-il au comble de l'énervement, en direction des merciers. Il faut faire nettoyer ! »

Les chevaux écumaient, se donnant de violents coups de tête et cherchant à se mordre. À peine voulait-on approcher, qu'on devait reculer de peur d'un coup de sabot. Enfin, à la persuasion de la voix et à la force des bras, on finit par calmer les bêtes.

« C'est à cause des pointes, répéta le charretier d'une voix plus posée, comme pour se faire pardonner le ton qu'il avait employé précédemment pour parler à des messieurs si importants. C'est un cheval doux, d'ordinaire. Mais s'il se blesse sans comprendre, forcément, il devient agressif ! Il faut nettoyer. »

Il repéra le miseur parmi les merciers présents et s'excusa :

« ... sauf le respect que je vous dois, messire Boisguérin.

— Vous n'avez pas tort, répliqua le miseur sans élever la voix. Je me bats moi-même contre le laisser-aller permanent.

— Et la rue Vasselot ! cria une femme. C'est toujours plein de porcs qui divaguent. Dangereux, en plus ! L'autre jour, il y en a un qui a dévoré un bébé ! Tout ça, c'est à cause des boulangers : ils jettent leurs vieux croûtons dans la rue, ça attire les bêtes.

— Et à la Parcheminerie, lança une autre femme

en levant une main quémandeuse, y'a des gantiers qui laissent dégoutter les peaux sur la rue, et qui vident leurs eaux sales dans le ruisseau. L'odeur infecte, et puis les maladies !

— Et le conduit de Trégetin qui déborde tout le temps, et...

— Nous en débattrons au prochain Conseil des bourgeois, interrompit le miseur, je vous le promets : c'est un de mes soucis, et avec la visite imminente de messire le duc de Bretagne en personne dans notre bonne ville, nous ne pouvons faire moins que de la lui présenter propre. »

Il y eut encore quelques exclamations. La discussion s'échauffa entre un gantier et le charretier. Les quinze merciers élus de la confrérie en profitèrent pour se retirer et clore solidement la porte.

« Je ne sais si c'est la lourdeur de l'air, dit maître Gicquel, mais l'atmosphère me semble surchauffée.

— Peut-être serait-il temps de faire rappeler par les crieurs publics qu'il est interdit aux ouvriers de porter des armes, et de s'insulter en s'appelant "griffon[1] cranais" ou "natif de Barbarin"[2]. »

Opinant du chef, les quinze merciers prirent place autour de la grande table, tandis que Philippa s'installait, comme à son habitude, sur un tabouret derrière Jamet Boisguérin. Elle posa son écritoire de bois

1. *Griffon* : voleur.

2. *Natif de Barbarin* : mécréant. On ne sait pas exactement pourquoi ces deux insultes étaient formellement interdites à Rennes.

sur ses genoux, en sortit papier, plume et encre, et s'apprêta à noter ce qu'on lui demanderait.

Tout de suite après l'ouverture de la séance par le prévôt Gilles Boisguérin de Villefranche, le miseur demanda la parole, pour soulever le problème des travaux de peinture de la rue de la Psalette, et des échafaudages : pourrait-on les monter, dans des rues si étroites qu'il est impossible d'y tourner en transportant la moindre planche un peu longue ?

Quelqu'un enchaîna aussitôt sur la réparation de la Cohue, dont le caniveau central était à revoir, et tout l'étage à refaire.

Malgré l'intervention du prévôt qui demandait instamment qu'on prenne les choses dans l'ordre, la discussion devint générale. Des chiffres furent lancés, des tailles, des prix, affolant Philippa qui ne savait que noter. Enfin, l'heure avançant, on allait décider de lever l'assemblée, lorsque Gilles Boisguérin demanda la parole.

« En tant que prévôt des Merciers de notre bonne ville, je souhaite soulever un problème qui me paraît revêtir aujourd'hui une certaine importance : je veux parler de la rumeur qui court les rues. »

Le plus grand silence accueillit sa déclaration. Il reprit :

« Nous savons tous que rumeur n'est pas vérité, même si elle en contient souvent une part. Néanmoins, en ce qui concerne celle-ci, je voudrais souligner son côté déplaisant, et c'est en tant que prévôt, et nullement parce qu'il est mon frère, que je m'adresse à maître Jamet Boisguérin. Je ne saurais trop lui rappeler qu'étant investi de plus de la charge de miseur de la ville, il ne convient guère qu'il laisse courir des bruits désagréables.

— Et que suggérez-vous, mon frère ? s'enquit Jamet Boisguérin sans se départir de son calme.

— Que vous disiez la vérité en ce qui concerne la jeune personne qui se tient derrière vous.

— Que voulez-vous savoir ?

— Cette jeune personne est-elle réellement la fille de votre ancienne servante, Raoulette Fily ?

— Nullement, dit Jamet Boisguérin, impassible.

— Serait elle donc, ainsi que vous l'avez prétendu, la petite-fille d'un de vos amis ? Si c'est le cas, je crois qu'il serait bon de préciser quel ami. Il me semble que c'est l'intérêt de tous. »

Un moment, Jamet Boisguérin fit tourner la grosse bague qu'il portait à l'auriculaire gauche, puis il laissa tomber :

« Cela n'est pas non plus la vérité. »

Tous les regards convergèrent. Philippa s'arrêta de respirer. Sans lever les yeux, le miseur reprit la parole d'une voix égale, comme pour une confession qu'il avait profondément résolue.

« Cette jeune personne n'est pas la petite-fille d'un ami. Elle est ma propre fille. Je reconnais l'avoir eue d'une femme que j'ai connue lors d'un de mes voyages à Venise, voyage que vous vous rappelez certainement. »

Philippa restait suffoquée, incapable de comprendre le but de ce mensonge, d'autant que le miseur continuait :

« Elle tenait une auberge où je logeai assez longtemps. Je confesse lui avoir promis le mariage, mais n'avoir finalement pas eu le cœur de l'épouser, sa condition étant par trop différente de la mienne. Le souvenir m'en cuit, mais elle est morte de cet abandon, peu après la naissance de la petite. On me le fit savoir. Je n'étais pas, à cette époque, disposé à reconnaître l'enfant... faiblesse sans doute, et l'ai fait envoyer chez une nourrice de la région. De ne m'en être jamais occupé, j'ai eu du remords. Aussi, à la mort de la nourrice, j'ai choisi de réparer mes torts et de soulager ma conscience. Voilà pourquoi cette enfant est ici. »

Un silence religieux salua cette confession. Le miseur ne s'y montrait pas sous son meilleur jour, et c'est sans doute ce qui fit que personne ne douta de la véracité de son histoire. Enfin maître Gicquel crut bon d'intervenir :

« Ce geste rachètera certainement votre faute, et nous ne pouvons nous substituer à Dieu pour vous juger. Bienheureux celui qui n'a rien à se reprocher ! »

Quant à Philippa, elle ne saisissait aucunement l'intérêt de cette fable, qui ne faisait pas plus honneur à Jamet Boisguérin que la véritable histoire, et même moins, car elle se soldait par une mort. Elle surprit sur le visage de Gilles un sourire ironique qui l'agaça au plus haut point. Elle eut le sentiment qu'il ne pourrait résister à une remarque sarcastique. Mais il ne la fit pas tout de suite.

« Je ne sais, reprit maître Gicquel, si j'exprime le sentiment de tous, mais il me semble pour ma part inutile d'ébruiter ces faits. Tenons-nous-en donc à la version de l'orpheline recueillie, petite-fille d'un ami... vénitien. Ce détail devrait étouffer la rumeur.

— Je ne souhaite pas, intervint le miseur, diminuer ma faute, mais je crois effectivement meilleur pour tout le monde que je me contente d'adopter cette petite. Elle deviendra ainsi officiellement ma fille. »

Philippa serra convulsivement ses deux mains qui tremblaient. L'assemblée approuva de la tête. Seul le prévôt Gilles Boisguérin resta de marbre. Peu à peu son visage changea, ses yeux se firent durs. Toutefois il ne dit rien. Ce n'est qu'à la sortie qu'il s'arrangea pour se trouver au côté de son frère et lui glissa :

« Permettez-moi, mon frère, de rire doucement des leçons de morale dont vous m'avez autrefois gratifié. »

Paroles que Jamet Boisguérin sembla recevoir avec un mélange de gêne et de mépris. Délibérément, Philippa se plaça tout près du miseur, comme si sa présence pouvait, en témoignant de son affection, le laver de toute faute, et le protéger de tout ressentiment. Il lui posa la main sur l'épaule, mais sans la regarder, pour simplement sceller quelque chose, et pour la première fois depuis longtemps, elle se sentit profondément heureuse.

Tranquillement, d'un pas de promenade, le groupe des merciers remonta la rue Neuve jusqu'à la place du Champ-Jacquet. Il y régnait une ambiance de fête. Les montreurs d'ours étaient arrivés, les jongleurs faisaient jouer leurs boules multicolores.

On s'écartait sur le passage du groupe, tandis qu'il s'approchait de la baraque de planches, dont tous les côtés avaient été ouverts, tant il faisait chaud.

Instinctivement, Philippa se fit toute petite, tentant de se dissimuler derrière le miseur. Elle ne voulait pas risquer de se faire interpeller par les maîtres fondeurs. Même si elle avait pris la précaution de leur dire que Guillemette avait quitté Rennes, elle ne pouvait pas risquer qu'ils lui en parlent de nouveau, surtout devant tous ces gens. Glissant un regard inquiet vers la baraque, elle aperçut Estienne, qui actionnait le soufflet de la forge, et qui, aussitôt qu'il vit le groupe, se retira dans l'ombre : sans doute son père ne le savait-il pas là. Décidément, tout le monde se cachait.

« Tout le métal sera bientôt en fusion ! lança le maître fondeur en direction des merciers. Buvez, messires, un tonneau a été mis en perce, c'est le seul moyen de résister à la suffocation. »

Ces mots tirèrent aux merciers quelques remarques amusées. Ils avancèrent. Ce fut le moment dont profita Jamet Boisguérin pour saisir Philippa par le bras et lui faire signe de ne pas bouger, de manière qu'ils se trouvèrent bientôt derrière le groupe. Sans un mot, il indiqua d'un mouvement de tête à la jeune fille qu'ils se retiraient avec discrétion, ce qu'elle fit avec un immense soulagement. Ils s'engagèrent dans la rue Trégetin. La foule s'était refermée derrière eux.

« Je me suis mis d'accord avec Jehan Duchesne, expliqua enfin le miseur, pour que le salaire des ouvriers soit porté chez moi pendant la coulée de la cloche, où tout le monde est au Champ-Jacquet. Plus nous sommes discrets, plus nous limitons les risques. Donnez-moi cette écritoire, elle est trop lourde pour vous.

— Nullement, messire, c'est mon travail. »

Le miseur sourit avec amusement.

« Autre chose... J'ai pu constater que vous êtes une jeune fille vaillante et décidée, et discrète... » Il lui fit un clin d'œil. « J'ai donc résolu de m'en tenir à votre proposition, et de dissimuler l'argent des salaires dans votre chambre : c'est la plus élevée, et, d'après messire Jehan, par là même la plus sûre. Néanmoins, il faut que vous me promettiez que, s'il se passe la moindre chose anormale, vous quitterez votre chambre sans délai pour ne point vous mettre en danger, et vous réfugierez chez Lucasse. »

Philippa eut un faible sourire, puis elle acquiesça de la tête.

10

Alerte

Philippa n'arrivait pas à dormir. Il faisait si chaud ! Sa fenêtre, pourtant, était grande ouverte, mais l'air refusait d'y entrer. Philippa imaginait le vent, s'engouffrant dans la rue comme dans un couloir, et filant droit devant lui, sans regarder de droite ni de gauche. Si elle faisait un courant d'air ? Trouvant un nouveau passage, le vent léger répondrait peut-être à son appel.

Elle se leva et ouvrit la porte. Rien ne changea. Sans doute le vent était-il occupé ailleurs. Il lui semblait pourtant que l'escalier était plus frais. Elle s'assit sur la marche d'en haut. De loin, elle entendait des voix, celles de Jamet et de Lucasse, dans la cuisine.

Eux étaient vieux, et ne dormaient jamais beaucoup. Les voix se rapprochaient. Elle percevait maintenant quelques paroles confuses, puis plus nettement celles de Lucasse :

« Je ne prétends pas que vous n'ayez pas eu raison, mais quand on ne dit pas la vérité, on s'engouffre toujours dans un labyrinthe dont on ne peut sortir.

— Et quelle vérité aurais-je dite ?

— Je sais, ne vous énervez pas... tout de même, à mon avis, la meilleure c'est celle que vous avez dite à Philippa.

— Je n'ai rien dit à Philippa.

— Non, bien sûr, je le sais, mais cela ne revient-il pas au même ? »

Un moment de silence, puis Jamet Boisguérin reprit :

« Ah ! Pourquoi Guillemette est-elle restée d'une telle intransigeance... Quel gâchis !

— Elle était têtue, observa Lucasse. Ne pensez plus à cela, vous ne vous faites que du mal.

— Hum... Il vaut mieux que j'aille me coucher.

— Essayez de dormir, reprit Lucasse d'un ton où perçait l'affection.

— J'essaie... mais tu comprends que... »

La phrase s'arrêta là, et le pas de Jamet Boisguérin résonna dans l'escalier. Philippa se leva, glissa dans sa chambre et referma silencieusement la porte.

La tête bourdonnante, Philippa revint vers le lit et s'y assit, les mains croisées sur les genoux, essayant de comprendre le sens des paroles qu'elle venait d'entendre. Jamet Boisguérin ne lui avait donc pas dit la vérité ? Elle rappela à sa mémoire, une à une, toutes les paroles que le miseur avait prononcées le jour de son arrivée. Jamet Boisguérin avait raison : il ne lui avait rien appris ce jour-là. Rien. Ni un autre jour, d'ailleurs, car par accord tacite, ils n'en avaient plus jamais parlé. Alors, que signifiaient ces paroles ? Quelle vérité était fausse ? La sienne ? Ce qu'elle avait raconté au miseur ?

Qu'avait-elle dit... ? Que sa grand-mère avait quitté Rennes parce que... Oh ! se rappeler exactement les paroles de sa grand-mère... Les avait-elle mal interprétées ? Et si elle avait mal compris, pourquoi le miseur n'en avait-il rien dit ?

Mille voix lui venaient de partout, et ce qui dominait, ce n'était pas un mot en particulier, mais la tristesse dans le ton de Jamet Boisguérin. Elle sentait confusément qu'elle avait réveillé chez lui un drame, un drame qui, aujourd'hui encore, l'empêchait de dormir, et ce drame semblait être celui du départ de Guillemette... Non, décidément, elle ne comprenait plus rien, et pourtant, elle voyait bien qu'elle ne devait demander aucune explication. Si le miseur voulait cacher la vérité au point de raconter une histoire affreuse aux merciers, c'est qu'il avait ses raisons. Il lui fallait se fier au seul sentiment qui lui venait spontanément : elle éprouvait pour messire Jamet une grande affection, beaucoup de tendresse. C'était ça l'important. Il ne fallait pas lui causer de soucis, surtout pas ! Elle saurait se taire.

Longtemps, elle demeura immobile dans la nuit, songeant que le vieil homme ne dormait sans doute pas non plus. Elle aurait tant voulu connaître ses raisons... Non, Philippa, tais-toi !

Elle se redressa : là, des voix, étouffées. Où ? Dans la maison ? Plus rien. Si, tout de même... Un bruit léger l'attira à la fenêtre, à peine un cliquetis furtif, mais qu'elle reconnut tout de suite pour avoir été élevée depuis sa plus tendre enfance parmi les gens d'armes du château : c'était le choc métallique de l'épée contre son fourreau au moment où l'on pose la main sur le pommeau.

Elle se pencha discrètement. Trois hommes au moins venaient de disparaître dans la boutique. Elle en resta le souffle coupé. On en avait parlé, et d'en parler, c'était comme si la catastrophe était conjurée, comme si rien ne pouvait plus se produire. Pourtant, des hommes étaient là.

Crier ? À cette heure de la nuit, nul ne bougerait, peu soucieux de mettre sa vie en péril pour une affaire qui ne le concernait pas. Seuls les sergents auraient pu intervenir, mais ils étaient passés un long moment auparavant, les agresseurs le savaient bien.

Sans réfléchir, Philippa enfila ses chausses par-dessus sa chemise de nuit – ces chausses qu'elle s'était juré de ne plus remettre ! –, saisit son surcot, plus facile à passer qu'une cotte à manches longues, et enferma ses cheveux dans son chapeau. Ses gestes étaient automatiques, et son esprit dans ce temps battait la campagne. Des hommes en bas, elle en haut. Entre les deux, Jamet Boisguérin. Des éclats de voix étouffés. Sans doute les hommes, déjà chez lui.

La fenêtre. Celle de Béatrice en face. Trouver une planche. Où, une planche ? Le lit, Le sommier en planches. Pousser le matelas, tirer une planche juste enclenchée dans les montants. Han ! Tirer, soulever. Han ! ... Le sac d'or par l'échancrure de sa chemise, sur son estomac. Il est lourd. Elle serre la ceinture de ses chausses pour qu'il ne glisse pas par le bas. La planche. La fenêtre. Elle toque du bout de la planche sur la fenêtre fermée de Béatrice. Vite, Béatrice ! Un moment. La fenêtre s'ouvre. Philippa pose la planche, passe au-dessus de la rue sous le regard épouvanté de Béatrice. Ce n'est rien. Souvent dans la cour du château, elle s'est amusée sur le fil des funambules.

« Dieu ! s'affola Béatrice, que se passe-t-il ?

— Vite ! Retirez la planche, fermez votre fenêtre ! »

Un frottement. Le bruit feutré des battants de bois.

« Comment sort-on d'ici ?

— Expliquez moi, Philippa...

— Je ne peux pas rester ici : si quelqu'un m'avait vue... Je vous en prie, Béatrice, je vous raconterai tout après.

— Venez, passons par la cour de derrière, elle donne sur la rue Saint-Yves. Je vais vous ouvrir la porte. »

L'une derrière l'autre, elles se faufilèrent pieds nus dans les couloirs, descendirent l'escalier des communs, traversèrent la garde-robe. Une petite porte.

« Merci ! Fermez tout et ne faites pas de bruit. »

Philippa dévala en courant la rue Saint-Yves, hésita à prendre la rue Saint-Denis, peut-être mal fréquentée à cette heure tardive... mais non, il n'y avait plus personne dans la rue, seulement des rires étouffés s'échappant de la lueur des chandelles derrière les volets clos. Rasant les murs sans ralentir sa course, elle tourna au coin de la place Saint-Pierre et se précipita vers la tour Duchesne.

« Messire Jehan ! Messire Jehan ! » appela-t-elle à voix étouffée en frappant la porte de son poing.

Aucune réponse. Peut-être dormait-il profondément, peut-être était-il absent.

Un bruit de pas.

« Qui va là ? »

Les sergents de garde sur les remparts.

« Je vous en prie, allez vite voir chez messire Boisguérin le miseur, j'y ai vu entrer des hommes !

— Ah ! Et que faites-vous là, dans la nuit ? Ne savez-vous pas qu'il est interdit de se promener sans lumière ni bâton ?

— Je vous en prie, je suis sûre que ce sont des bandits !

— Vous êtes sûr ! Dites donc, garçon, vous imaginez que nous allons nous déplacer, quitter la surveillance des remparts sous prétexte que vous croyez avoir entendu quelque chose ? Ce n'est pas notre rôle. Voyez les sergents du guet.

— Les sergents du guet, mais... C'est bon. »

Philippa remonta vers la place Saint-Pierre, ses jambes flageolaient maintenant de la peur de rencontrer les bandits à sa recherche. Mais étaient-ils seulement au courant de son existence ? Savaient-ils sa fuite ? ... Facile à comprendre au désordre de sa chambre, elle n'avait même pas rangé ni refermé le coffre.

Porte Mordelaise. Le capitaine-gouverneur de la ville y habitait. Et puis non ! Philippa n'allait pas raconter encore, attendre, expliquer, supplier. Elle avait une bien meilleure idée pour mettre à l'abri les pièces d'or, une idée définitive.

Deux hommes étaient de garde à la porte Mordelaise.

« On n'ouvre pas la porte à cette heure-là. Que faites-vous dans la rue, jeune homme, sans lumière ni bâton ?

— C'est terrible ! fit Philippa de son air le plus affolé. Je me suis endormi dans la halle au blé et mes parents sont repartis sans moi. Ils doivent être très inquiets. Il faut que je regagne la ferme.

— Les portes ne s'ouvrent pas la nuit.

— Pour rentrer, je comprends, mais je ne veux pas rentrer, je veux sortir !

— Et si c'était un coup monté pour faire entrer des ennemis pendant que tu sors ?

— Non non ! Je vous jure ! Je ne peux pas rester là.

— Ici au moins tu ne crains rien. Les faubourgs, pendant la nuit, ne sont pas sûrs.

— Qui attaquerait un jeune garçon sans le sou ? raisonna Philippa en essayant de faire taire la crainte soulevée par ces mots.

— Où habites-tu ?

— Sur la route de Saint-Malo.

— Alors passe par la porte Saint-Michel. Déjà, ça t'évitera la place des Lices et les bandes qui rôdent par là. »

Inutile d'insister. Philippa remonta la rue de la Cordonnerie. La lune s'était cachée, et il y faisait noir comme dans un trou de blaireau. Elle ne voyait rien, mais personne ne la verrait non plus et, sur les pavés encore tièdes, ses pieds nus ne faisaient pas de bruit.

Porte Saint-Michel, les torches brûlaient, éclairant faiblement les murailles des deux tours. Les gardes étaient fatigués. Ils écoutèrent d'une oreille distraite l'histoire que leur contait Philippa, et la renvoyèrent tour Duchesne, pour demander l'autorisation du grand portier.

Maintenant plus furieuse qu'apeurée, Philippa s'arrêta de nouveau porte Mordelaise. Elle se préparait à interpeller les gardes, lorsqu'elle entendit une course dans les rues voisines. Deux gardes et une fille ne tiendraient pas tête à une bande armée. Elle éclata en sanglots :

« Je vous en prie, ouvrez-moi. »

Elle n'aurait su dire elle-même si ses larmes étaient terreur ou comédie.

Elle franchit les douves en courant. Larmes faisaient plus que discours. Cela signifiait-il qu'il valait mieux être comédien qu'homme honnête ?

Elle sécha son visage et s'arrêta sur le boulevard de Mordelaise, scrutant du regard la nuit menaçante. Le pont-levis s'était refermé. Les nuages couraient dans le ciel, se déchirant lentement pour lui donner un peu de lumière. La place des Lices s'étirait vers l'ouest.

Calmement, sans s'affoler pour ne pas attirer l'attention, il fallait la traverser jusqu'au gibet qui se dressait en face de la tour en ruine de l'ancien château.

Au gibet, un corps. Il tournait lentement, comme pour surveiller les quatre horizons. Mais il ne surveillait rien, Philippa le savait, les corbeaux lui avaient sûrement dévoré les yeux. Ne pas le regarder. Sentir sa présence était trop déjà. Une présence accusatrice, qui donnait la détestable impression d'être pour quelque chose dans cette mort, pour ne pas l'avoir sue, pour ne pas l'avoir empêchée, et même pour n'avoir pas pris de décision à son sujet. Passer, vite. Ne plus savoir.

Dans la nuit, des voix avinées. Il fallait marcher le plus loin possible des tavernes. Du côté de la place Sainte-Anne, les rues étroites et sales sentaient terriblement mauvais. Évitant les détritus, elle descendit la rue Haute[1], qui menait au faubourg Saint-Martin, et reconnut qu'elle approchait du pont au grincement sourd des roues des moulins. Moulins à grains ou à papier, elle ne savait, mais leurs couinements remplissaient la nuit, tour à tour rassurants et inquiétants. On entendait des cris et des rires, sans qu'on voie personne.

Philippa s'immobilisa et contempla le pont sur l'Ille. Dans les rues étroites, l'ombre des maisons

---

1. *Rue Haute* : actuelle rue Saint-Malo.

pouvait dissimuler sa présence, mais son pas sur le pont, sa silhouette sur le pont...

Elle balança un moment sur la conduite à tenir, s'approcha à pas de loup de la berge, et se laissa glisser dans l'eau, le long d'un arbre mort qui s'était effondré dans la rivière, sans doute à cause des récentes inondations. Elle suivit de la main le tronc rugueux, et ne le lâcha qu'au milieu du courant. Elle avait de l'eau jusqu'à la taille, jusqu'aux cuisses, jusqu'aux aisselles. Soudain l'effroi : un coup dans son dos. Un rat ? Tout son corps se tendit violemment et elle tourna vite la tête. Un gros œil rond la fixa un moment, avant de s'éloigner au fil du courant.

Elle respira profondément : juste un cadavre de mouton qui descendait l'Ille, depuis le pré peut-être lointain où il avait été emporté par l'eau.

À cet instant, elle sentit qu'elle ne touchait plus le fond, et dut nager deux ou trois brasses, avant de reprendre pied. Toujours la faute des inondations : elle ne s'attendait pas à trouver autant de profondeur. La dernière fois qu'elle était venue par ici, elle avait vu des enfants s'ébattre sans crainte dans la rivière, de l'eau jusqu'aux genoux seulement.

Trempée, elle prit pied sur l'autre rive. Les cris s'étaient éloignés. Elle scruta la nuit pour retrouver son chemin, et marcha en tremblant un peu malgré la douceur du temps.

Le grand bâtiment étirait ses murs austères vers le nord. Philippa le contourna silencieusement et frappa à la porte.

*

Philippa trouva la boutique fermée, et une grande agitation dans la maison. Le jour venait pourtant à peine de se lever.

« La voilà ! s'écria Lucasse en soulevant le volet de la boutique. Eh bien ! vous pouvez vous vanter de nous avoir causé du tourment ! Mon Dieu, quelle nuit ! Quelle nuit ! Messire Jamet, la voilà ! Et crottée comme un pourceau. J'espère que personne ne vous a vue dans cet état.

— Voilà bien un souci dérisoire, s'exclama Jamet Boisguérin en entrant, au regard de l'inquiétude qui fut la nôtre ! »

La boutique se trouvait dans un état épouvantable, sens dessus dessous.

« Quand j'ai su, reprit Jamet Boisguérin en soufflant encore d'émotion, quand j'ai su par Béatrice ce que vous aviez fait... Par Dieu, ne vous l'avais-je pas interdit ?

— Les bandits ne vous ont pas fait de mal ? s'inquiéta Philippa sans se frapper des reproches du miseur.

— Ils ont fouillé la maison et voulaient tuer les serviteurs un à un si je ne leur dévoilais pas la cachette de l'or. Rien ne vaut plus cher que la vie d'un homme. Je leur ai dit ce qu'ils voulaient savoir. J'espérais bien que vous vous étiez déjà réfugiée chez Lucasse en entendant le bruit. Ils sont montés... plus rien, ni personne ! Ils nous ont menacés, mais nul ne savait où vous étiez, ni comment vous étiez partie, et ils nous ont crus, car leur pensée immédiate fut que vous aviez vous-même volé cette fortune. On juge toujours les autres d'après soi-même. Sans perdre de temps, ils se sont lancés à votre poursuite... Quelle nuit nous avons passée !

— Ils ne m'ont pas rattrapée.

— Où étiez-vous ?

— Je suis allée dans le faubourg Saint-Martin.

— Le faubourg Saint-Martin... Seule ? En pleine nuit ? Oh ! Dieu ! Oh ! Dieu ! Mais... qu'y avez-vous fait ?

— J'ai caché l'or. Il ne nous causera plus d'angoisses, il est en sécurité.

— En sécurité, c'est un grand soulagement ! Mais mon inquiétude pour cette somme qui m'avait été confiée n'était rien auprès de mon inquiétude pour vous...

— J'ai caché le sac où pas un brigand n'irait le chercher. Un endroit qu'il ne viendrait à l'idée de personne de prendre d'assaut.

— Que voulez-vous dire ?

— La maladrerie[1]... J'ai confié l'or à la sœur portière.

— À... »

Suffoqué, Jamet Boisguérin se torturait les mains, sans réussir à prononcer une parole. Enfin, il s'inquiéta :

« Vous n'avez touché à rien, dans cette maladrerie, vous ne vous êtes pas exposée...

— J'ai simplement passé le sac par le guichet. Nous le reprendrons de même. La portière m'a assurée qu'il ne serait pas en contact avec les malades.

— Dieu ! »

Jamet Boisguérin secouait la tête, comme accablé. Mais c'était seulement le contrecoup de la peur qu'il avait eue.

« Mais, s'inquiéta Lucasse, êtes-vous sûre de cette religieuse ?

— C'est ma grand-tante, la tante de ma mère.

— Une tante ? Je vous croyais sans famille...

— Je ne l'ai jamais comptée dans ma famille... Cette personne est la bonté même, mais son vœu le plus cher a toujours été que je prenne l'habit religieux...

— Et vous ne vous sentiez pas la vocation, se moqua Lucasse.

— Je ne me sentais pas la vocation, reprit Philippa en riant silencieusement.

---

1. *Maladrerie* : léproserie (où l'on accueille et isole les lépreux).

— C'est bon, conclut le miseur, sans se laisser gagner par l'hilarité. Ôtez ces vêtements de garçon, faites-les laver et prenez un bain. J'ai l'impression d'avoir bien souvent à vous le dire, ces temps-ci.

— On ne va pas laver ces vêtements, intervint Lucasse, on va les jeter. Cela nous évitera d'autres déboires.

— Ah non ! cria Philippa. Messire Jamet, je vous en prie...

— Ils nous causent bien du tracas, mais jusqu'à présent, je n'ai pas vu qu'ils aient servi à faire quoi que ce soit de répréhensible... et même au contraire. Toutefois, je souhaiterais fermement, damoiselle Philippa, que vous vous tinssiez dorénavant à l'écart de tout danger.

— Oh ! messire Boisguérin, tout est dangereux, sitôt posé le pied à terre. Je puis glisser dans l'escalier, me faire tuer par un ballot qui tombe, renverser par un cheval, étouffer par un morceau de pain.

— Ne jouons pas sur les mots, damoiselle Philippa, et tâchez de garder raison. Je vous interdis formellement de vous mettre en danger. Cela dit, je ne voudrais pas oublier de vous remercier pour ce que vous avez fait. Je dois avouer que j'en suis... stupéfait, et que vous m'avez tiré de bien grande difficulté. Mais n'en prenez pas excuse pour recommencer pareille folie. N'oubliez pas qu'on tient à vous, dans cette maison, et je n'ai nulle envie de perdre ma fille, sitôt après l'avoir trouvée... »

Lucasse, qui tirait d'un air dégoûté sur le surcot boueux, leva les yeux. Laissant tomber le vêtement puant sur le sol, elle s'ébahit :

« Votre fille ? Ainsi, vous l'adoptez ?

— Cela ne te convient pas, peut-être ?

— Me convenir... Est-ce un mot qui a du sens ? Je m'étonne seulement que vous n'ayez pas jugé bon de m'en informer.

— C'est que tout s'est passé si vite !

— Les choses se passent rarement si vite qu'on ne peut les dire. Parole fuse, cachotterie s'enlise.

— Il ne s'agit point de cachotterie... »

Il haussa les épaules d'un air découragé puis, considérant sans inquiétude le visage boudeur de Lucasse, il dit rêveusement :

« L'autre jour, je passe près du pont du Champ-Dolent... Le pont venait de casser, et un cheval était tombé à l'eau avec sa charrette... Alors je me suis dit : Nous sommes peu de chose, et un accident est bien vite arrivé. Que deviendrait Philippa si je disparaissais ? »

11

Inquiétudes

Maître Gilles Boisguérin de Villefranche remonta la rue du Four-au-Chapitre d'un pas furieux. Sans un regard pour la mercerie de son frère sur la gauche, il tourna à droite et passa sous le porche de son hôtel particulier, monta sans ralentir l'escalier tout de granit magnifique qui lui avait coûté une fortune, traversa la grande pièce de l'étage pavée de tuiles rousses et chaudes, posées à l'hiver dernier, s'engagea dans l'escalier de bois qui menait aux chambres. Il pénétra dans celle de sa fille Béatrice sans même frapper, tant la colère lui brouillait l'esprit.

« Savez-vous bien, ma fille, ce qui arrive ?

— Mon Dieu, mon père, je ne quitte guère cette maison, et ne saurais y entendre grande nouvelle.

— La fille qui habite chez mon frère, chez votre cher oncle Jamet, pour qui vous avez tant d'admiration... »

Béatrice ne releva pas le grinçant du ton :

« Il lui est arrivé quelque chose ? »

Gilles Boisguérin dévisagea sa fille avec sévérité.

« Vous la connaissez ?

— Ne sommes-nous pas voisines ? »

Gilles eut un geste agacé et poursuivit :

« C'est la propre fille de Jamet, sa propre fille !

— Mon Dieu... Est-ce possible ?

— Et il l'a eue d'une servante d'auberge, votre cher oncle ! »

Béatrice ne dit rien, fixant sur son père des yeux étonnés.

« Et c'est tout ce que cela vous fait ? s'écria Gilles.

— Je suis heureuse que mon oncle ait une fille, c'est une grande consolation pour lui.

— Quelle consolation ? Ne comprenez-vous pas ce que je vous dis ? C'est sa fille, et elle héritera, et tout l'argent de Jamet vous filera sous les pieds !

— Mon Dieu ! ... » murmura Béatrice.

Et elle éclata de rire.

« Oh ! pardonnez-moi, mon père, dit-elle entre deux hoquets, je ne puis m'en affliger. Mon avenir est déjà fait de beaucoup trop d'argent, et je ne puis m'empêcher de me réjouir pour mon oncle.

— Votre oncle eut cette fille d'une servante d'auberge, vous ai-je dit, une servante d'auberge qu'il a séduite et abandonnée, et qui en est morte ! »

Il avait monté un peu la voix sur les derniers mots.

« Qu'il a... – Béatrice considérait son père avec stupéfaction – ... Mon oncle Jamet... mon oncle Jamet aurait... et vous avez cru ces balivernes ? »

Gilles jeta sur Béatrice un regard froid.

« Plus de cinquante ans que vous connaissez votre frère, et vous pouvez donner crédit à de tels racontars ? »

Un instant, le visage de Gilles de Villefranche se pétrifia, puis il reprit vie et le mercier se frotta pensivement le menton.

« Laissons cela, dit-il enfin. Je souhaiterais vous entretenir des projets que je forme pour votre mariage, et qui sont déjà fort avancés. Vous noterez que je ne vous dois aucune justification, mais je crois que vous ne pourrez qu'être satisfaite du choix que j'ai fait pour vous. »

*

Philippa avait bien détaillé chaque concurrent, examiné chaque porteur d'arc, chaque arbalète, levé la tête vers l'oiseau de bois perché tout là-haut dans le soleil, attendu. Estienne n'était pas venu.

Jusqu'au dernier moment elle avait voulu y croire, elle l'espérait fendant la foule pour se présenter au concours, mais le roi du papegaut fut nommé, un Clément Le Gac. Elle jeta un regard sur l'homme, qui pâlissait d'émotion en recevant le titre si convoité – qu'accompagnaient exemptions d'impôts et privilèges –, et inconsciemment, elle lui en voulut de sa joie.

À l'heure où les enfants reprenaient leurs marelles et les hommes leur partie de palets, Philippa remonta en compagnie de Jamet Boisguérin vers le logis de Gilles Bourgneuff, maître des Monnaies. À plusieurs reprises, la langue lui démangea de parler d'Estienne au miseur, de lui raconter l'histoire du tir à l'arc, mais elle se sentait trop mal à l'aise, elle n'aurait pas su sur quel ton le dire. Si chacun s'était interrogé sur l'absence d'Estienne au papegaut, personne n'avait entrevu la vérité, du moins celle en laquelle elle croyait. Mais pourquoi Estienne se montrait-il si susceptible ?

D'une oreille distraite, Philippa essayait de suivre le discours du miseur, qui lui expliquait, avant d'arriver chez le maître des Monnaies, comment l'or était fondu, battu, taillé, puis arrondi pour faire ces beaux écus, les écus de Bretagne.

Jamais le miseur ne manquait de l'instruire de tout ce qui faisait la vie de sa ville. Elle aurait voulu se montrer attentive, et elle n'y arrivait pas. Elle se réveilla vraiment au mot « adopté », Jamet Boisguérin disait :

« Puisquc jc vais vous adoptcr, vous mc succédcrez dans la confrérie des Merciers. Vous ferez donc partie des notables de cette ville, et cela ne donne pas que des droits, cela induit aussi beaucoup de devoirs, et d'être très au fait de ce qui concerne la cité. »

Il fit quelques pas encore, regardant droit devant lui, s'essoufflant un peu sur cette rue en pente, avant d'ajouter :

« Mais je ne sais pas si j'ai raison de vous élever de cette manière.

— Pourquoi dites-vous cela ?

— Je vois, par exemple, que ce n'est pas ainsi que fait mon frère. Sans supposer qu'il a forcément raison, je ne puis que me poser des questions.

— Voudriez-vous que je reste à broder derrière ma fenêtre ? »

Jamet Boisguérin eut un geste d'incertitude, puis sourit devant le ton effaré de Philippa.

« Il est vrai, reprit-il, que le souhait de mon frère est de changer de monde, de passer de la bourgeoisie à la noblesse. Il serait mal séant qu'une fille de la noblesse sache compter et reconnaître une vraie pièce d'or d'une fausse... Voilà, nous arrivons. »

La maison du maître des Monnaies se repérait de loin : deux gardes veillaient sur elle en permanence, c'était une belle maison à montjoie[1], avec une statue de la Vierge à l'Enfant. Les deux visiteurs se présentèrent à la porte au moment même où Gilles Bourgneuff sortait de chez lui.

« Ah ! s'écria-t-il, maître Boisguérin, savez-vous la nouvelle ? »

Il s'interrompit, regardant Philippa.

« Mais dites-moi, n'est-ce pas là notre jeune héroïne.

— C'est elle.

— Eh bien, damoiselle, votre exploit n'est pas passé inaperçu. Toute la ville en parle, et je tiens à vous féliciter personnellement. Si... ne soyez pas modeste, bien peu d'hommes auraient été capables d'un tel geste... et d'une telle astuce. Le capitaine-gouverneur de la ville m'a dit à l'instant qu'il souhaiterait vous féliciter lui-même. Je crois que vous le méritez. »

Philippa eut un léger sourire, et inclina seulement un peu la tête pour remercier.

« Et ce n'est pas tous les jours, reprit le maître des Monnaies, que nous avons à nous réjouir. Ainsi, messire Jamet, comme j'avais commencé à vous le dire, la cloche a fini de refroidir, et on vient de s'apercevoir qu'elle est fêlée. »

Les deux gardes qui faisaient les cent pas devant la maison s'arrêtèrent un moment, le dos au mur,

1. *Montjoie* : niche dans un mur, pour mettre une statue.

regardant droit devant eux, sans rien perdre de la conversation.

« Le maître fondeur ne vous a pas trouvé chez vous, il est donc venu me prévenir.

— Ah ! Quel ennui !

— Il paraîtrait que cela arrive sans qu'il y ait faute des fondeurs, mais je n'en crois rien : un bon artisan sait éviter l'accident. Tout est à refaire ! Vous rendez-vous compte de la perte financière ? »

Jamet Boisguérin hocha la tête. Les comptes, il les connaissait bien : sans parler de l'achat des matériaux, sans doute réutilisables, le marché était de trois cent cinquante écus pour les fondeurs et leurs ouvriers – et de soixante écus de frais divers : construction de l'appentis, charbon de bois, vin et portage d'eau, sur lesquels on ne pouvait rogner tant la chaleur de fusion était intolérable.

Une deuxième coulée allait coûter encore plus cher : il faudrait tout recasser, retirer les morceaux de bronze du moule, tout laver à la rivière pour en ôter la terre qui y resterait collée, sans parler de la surveillance pour éviter les vols de métal – rien de plus facile à emporter qu'un petit morceau de bronze, et rien de plus facile à revendre.

« Ce qui me décourage, soupira le miseur, c'est qu'il va falloir de nouveau tout étudier, présenter des chiffres, mettre d'accord tous les membres du

Conseil pour prendre une décision commune... J'en suis fatigué par avance. »

La conversation roula encore sur le temps que tout cela prendrait, les décisions à entériner sur-le-champ. Philippa écoutait, demeurant en retrait, tout en observant avec amusement l'attitude faussement distraite des deux gardes.

« Les gardes doivent terriblement s'ennuyer, dit-elle au miseur tandis qu'ils revenaient par le Grand Bout de Cohue. À leur place, je crois que je souhaiterais que quelqu'un attaque, pour qu'au moins il se passe quelque chose. »

Le miseur rit silencieusement.

« Je ne crois pas qu'ils le souhaitent vraiment. Ces écus attirent bien assez de convoitises. »

Cela rappela quelque chose à Philippa, quelque chose qu'elle voulait demander depuis longtemps :

« ... Et les Cinq Écus de Bretagne, sont-ils de vrais écus ?

— De vrais écus, frappés d'un côté d'un portrait du duc de Bretagne à cheval, et de l'autre d'une croix et de quatre hermines. Je vous les montrerai.

— Ils existent vraiment ?

— Vraiment.

— Pourtant, ceux qui figurent sur le manteau de la cheminée sont simplement gravés dans la pierre.

— Ils correspondent chacun à un véritable écu

d'or, rangé dans une petite niche discrète, sur le côté de cette cheminée. Savez-vous leur histoire ? Lorsque le premier propriétaire de cette maison l'a vendue, autour des années 1400 je crois, l'acheteur l'a payée en écus d'or. Le compte a été mal fait et, sans s'en apercevoir, l'acheteur a payé un écu de trop. Le vendeur, ne voulant pas le voler, a déposé en partant l'écu sur la cheminée. Par superstition peut-être, le nouveau propriétaire n'y a pas touché, et a appelé sa maison *L'Écu de Bretagne*. Il faut dire que cette monnaie était alors toute nouvelle. Quand cet homme a finalement revendu la maison, le nouvel acheteur a choisi de la payer un écu de plus, écu qui devait rester sur la cheminée... La tradition s'est maintenue. J'ai acheté la maison "Les Quatre Écus" qui est devenue la mercerie *Les Cinq Écus de Bretagne*.

— J'aime cette histoire, dit Philippa.

— C'est le temps qui passe, le bien qui se transmet, l'esprit plus fort que la valeur. »

Il sourit et ajouta :

« C'est ainsi que les maisons ont souvent une âme... Il faudra que je vous amène à celle de Cesson.

— Vous... vous avez une maison à Cesson ?

— Oui, une vieille maison à forte personnalité. »

*

Philippa ne sut comment elle était rentrée rue du Four-au-Chapitre. Cesson... Cesson... C'était un hasard, il ne pouvait pas en être autrement, c'était un hasard. Une coïncidence. Il y avait des tas de maisons à Cesson, sûrement. Jamet Boisguérin n'avait rien à voir avec la mort de son père. Rien. Le contraire était impossible. Non, vraiment, elle ne pouvait imaginer messire Jamet complotant avec un brigand, pour tuer... Et pourtant... Elle se refusait à penser qu'il aurait peut-être eu des raisons pour cela. Le crime n'allait pas du tout à la personnalité du miseur, pas du tout.

Un hasard !

« Estienne... saviez-vous que messire Jamet avait une maison à Cesson ?

— C'est possible, bougonna le garçon d'un air maussade. Il n'est pas le seul.

— C'est-à-dire ?

— Beaucoup de bourgeois de cette ville ont des maisons par là. À commencer par mon père. »

Philippa n'allait pas se mettre à soupçonner aussi maître Gicquel. Elle secoua la tête et poussa un soupir. C'était une simple coïncidence.

« Nous sommes passés chez le maître des Monnaies, reprit-elle pour se changer les idées. Il y avait deux gardes. »

Comme le garçon ne répondait rien, apparemment occupé à transvaser des produits de teinture dans de petites fioles avant que la boutique n'ouvre, Philippa reprit :

« Forcément, avec tout l'or qui s'y traite, et les pièces d'argent...

— Ce n'est pas pour ça, grogna Estienne. Il ne se garde guère de pièces dans la maison d'un monnayeur !

— Ce serait pourquoi, alors ?

— Bien... Ils gardent les coins[1] pour frapper les pièces. Si vous vous emparez de ces coins, vous pouvez faire de la fausse monnaie, avec du faux or et du faux argent.

— Faire de la fausse monnaie ?

— Ça rapporte !

— Ça rapporte d'être bouilli, puis pendu.

— Seulement si on se fait prendre.

— Seulement si... oui ! ironisa Philippa.

— Moi, je tenterais bien le coup... »

Philippa tourna le dos en haussant les épaules. Il ne fallait jamais prendre au sérieux ce que disait Estienne.

« Ou alors, il faudrait trouver le trésor enfoui à l'abbaye Saint-Melaine.

— C'est une légende.

— Je suis sûr que c'est vrai.

— Mais enfin, Estienne, avez-vous donc besoin de tant d'argent ?

— Exactement. Alors, j'achèterai un navire énorme, une nef solide et rebondie, d'au moins cent

1. *Coin* : morceau de métal gravé, qui sert à marquer les monnaies.

cinquante tonneaux[1], avec des voiles modernes en triangle, et je commercerai non seulement avec les Anglais, mais avec les Portugais, les Vénitiens, je vendrai des céréales aux Espagnols, du sel aux Hollandais, j'irai chercher le vin à Bordeaux. »

Il se tut, les yeux dans le vague. Un instant, Philippa faillit lui parler du papegaut, mais elle se retint et, sans commentaire, ouvrit la boutique.

De si bon matin il faisait déjà chaud, et les femmes étaient à leur marché. Plus forte encore que d'habitude, l'odeur des tripes s'insinuait, tenace, dans toutes les maisons de la rue. Une femme entra. Une voix éteinte :

« Bonjour.

— Béatrice ! Que je suis heureuse de vous voir ! Vous avez enfin quitté votre chambre.

— Oh ! Philippa ! Si vous saviez... mon oncle est-il là ?

— Oui, souffla Philippa en remarquant enfin le visage défait de son amie, je vais le chercher.

— Non, menez-moi à lui, s'il vous plaît.

— Il est dans la petite salle, je crois. »

« Ah, mon oncle ! Sauvez-moi, je vous en prie ! »

Béatrice posa sa tête sur l'épaule de Jamet et se mit à sangloter.

« Voyons, Béatrice, ne pleurez pas ainsi, tout peut

1. *Tonneau* : unité de volume pour évaluer la contenance des navires.

s'arranger si on se décide à affronter les problèmes de face.

— Comment cela pourrait-il s'arranger ? Mon père a choisi mon futur mari.

— Qui ?

— Le fils de messire du Rochel.

— C'est un bon garçon, d'une famille fort pieuse. N'est-ce pas son père, qui a fait peindre un crucifix si grand sur la façade de sa maison ?

— C'est lui, souffla Béatrice en essuyant ses larmes. Je n'ai rien à lui reprocher, mais je ne veux pas me marier, mon oncle, ne le savez-vous pas ?

— Vous voulez donc toujours consacrer votre vie à Dieu ?

— Plus que jamais, mon oncle.

— Ah ! Que la vie est mal faite ! Tant d'autres y sont forcées contre leur gré, qui préféreraient se marier... Que puis-je faire, mon enfant, votre père n'est pas homme à écouter qui que ce soit.

— Tentez de lui parler tout de même. Moi, j'ai tout essayé, la colère et les larmes, le refus... mais peut-on tenir tête indéfiniment à son père ?

— Peut être met-il vos larmes sur le compte de la comédie ? Je lui parlerai, décida le miseur d'un ton ferme. Nul père ne peut vouloir le malheur de sa fille, c'est impossible.

— Oh ! mon oncle, puissiez-vous réussir, sinon j'en mourrai ! »

12

L'ennemi

« J'en tremble de colère, dit le miseur. Il m'a dit... il a prétendu que j'agissais par jalousie, que je ne voulais pas le voir s'allier à la noblesse de cette ville, donner à sa fille et à ses descendants un titre fort. Il m'a dit... des horreurs. Les répéter m'écorcherait la bouche. Je ne vois pas ce que je peux faire d'autre pour l'instant.

— D'autant qu'il est grandement l'heure que vous partiez, rappela Lucasse.

— Je sais, je sais... Ah ! Que de soucis ! »

Philippa regarda son visage tourmenté. Elle aussi avait de la peine pour Béatrice, mais que pouvait-elle ? Et puis, messire Jamet qui s'en allait... Elle se sentait inquiète. De temps en temps, le mot « Cesson » s'imposait à son esprit, elle le voyait même écrit, en caractères tremblés, comme par quelqu'un qui ne maîtrisait pas la plume... Par le bandit assassin. Oui, c'est cela qu'elle voyait.

« Serez-vous absent longtemps ? demanda-t-elle pour effacer cette vision détestable.

— Je reviendrai dans deux ou trois jours. Il me faut le temps de faire la route jusqu'à Brocéliande, de choisir le bois avec le maître charpentier. »

Et si elle allait à Cesson... Mais pour chercher qui ? Elle ne connaissait rien dans la vie de son père qui soit en rapport avec ce village. Sauf... mais, puisque ça ne pouvait pas être cela !

« C'est un travail délicat, était en train de dire le miseur, et je dois prendre le temps de le bien faire : ce bois va servir aux fortifications du nouveau boulevard de la porte aux Foulons et à celles de la porte Saint-Georges, et on n'est jamais trop exigeant sur la qualité. Nous avons déjà eu maints déboires sur nos murailles pour avoir utilisé des matériaux mal adaptés. Et les remparts de la Ville Nouvelle nous donnent bien des ennuis.

— Il fallait utiliser la pierre de la rue Hux[1],

1. *Rue Hux* : actuelle rue Martenot-rue de Paris. Il y avait là une carrière importante.

comme pour l'enceinte de la Ville Neuve[1]. Petite économie peut entraîner grosse dépense, dit Lucasse.

— La pierre de Saint-Cyr ne me semble *a priori* ni meilleure ni pire, mais toutes deux sont de schiste un peu trop tendre. Et puis il faut compter avec l'absence de scrupules de certains maîtres maçons qui rognent sur la quantité de pierres, pour remplacer par sable et chaux. Les tours Chicognée et de Plaisance sont à refaire, et je ne parle pas des murs ! Et voilà que la cloche est fendue ! »

Il soupira d'un air découragé.

« Quitter un moment tous ces soucis me fera peut-être du bien. Pourtant, m'absenter... »

Il n'alla pas plus loin dans les pensées qui le tourmentaient, et se tourna vers Philippa :

« Faites attention à vous. »

Il lança à Lucasse un regard qui devait être significatif, car la servante y répondit par un hochement de tête. Malgré la chaleur, le miseur prit son manteau de voyage et sortit dans la cour où l'attendait le charretier dont il avait loué les services pour le transport du bois.

« Ah ! Philippa ! interpella-t-il en s'asseyant sur le banc de bois, n'oubliez pas de consigner au propre toutes les dernières réunions du Conseil. Et n'oubliez

---

1. *Ville Neuve* : pendant plusieurs siècles, seule la « vieille cité » fut enclose dans des remparts. La ville s'étendant, on construisit au XVe siècle une nouvelle enceinte qui englobait l'ouest de la ville, et qu'on appela « la Ville Neuve », puis une autre qui protégeait le sud et délimita « la Ville Nouvelle ».

pas d'ajouter ce qui a été dit hier soir, en dernier lieu, à savoir que nous utiliserons finalement...

— La pierre des buttes de Coesmes pour paver la route de Saint-Malo.

— C'est cela. Il vaut mieux faire au plus solide. Cette route est trop malmenée par le poids des charrettes de métaux.

— Est-ce que je note aussi le prix ?

— Vous vous le rappelez ?

— Vingt sous la toise de pierre : cinq pour la pierre, quinze pour la pose.

— Bien. Évidemment, c'est cher mais les bons paveurs sont rares. »

Philippa noterait tout cela. En regardant la charrette s'éloigner, elle songea que le travail ne manquerait pas. Même en écrivant toute la journée, elle n'était pas sûre d'avoir fini avant le retour du miseur. S'il eût voulu la consigner à la maison, il ne s'y serait pas pris autrement.

Philippa s'assit sur le haut tabouret, trempa sa plume dans l'encrier et nota au bas des décisions prises à la dernière réunion : *« Cinq sous pour la pierre, quinze sous pour la pose. »*

Maintenant, il allait falloir tout recopier. Elle sortit sur son écritoire plusieurs feuilles de beau papier, et les caressa de sa main. Elle préférait ce contact à celui du parchemin, pourtant plus solide, et sur lequel on pouvait gratter les fautes plus facilement.

Son esprit revint vers Béatrice, qu'elle plaignait sans bien la comprendre, puis vers Estienne, qui l'inquiétait un peu. Certes, il avait cessé de lui dire des méchancetés et de lui contester le droit de demeurer dans la boutique, mais son humeur paraissait exécrable. Depuis qu'il était revenu de l'atelier du Champ-Jacquet, après la fonte de la cloche, elle ne lui avait pas vu un sourire, et ses propos n'étaient qu'amertume. Il ne parlait plus que d'argent. Qui veut s'enrichir à tout prix perd le sens commun.

Lucasse pénétra dans la petite salle, posa sur la longue table une réserve de papier et de plumes déjà taillées et, passant dans la cuisine pour prendre son panier, elle lança :

« Je suppose que vous en avez au moins pour la matinée.

— Au moins pour trois jours, voulez-vous dire.

— C'est bon, je sors. J'espère trouver un canard pour le déjeuner, qui ne soit point trop gras... ou bien désirez-vous manger autre chose ?

— Je ne sais, Lucasse, c'est à vous de décider.

— Bon, je vais voir. Avancez bien votre travail. »

Philippa ne croyait en rien que ce travail fût si urgent. De quoi avaient-ils donc peur, tous ? Elle regarda, vers la cour, le petit rectangle que dessinait le soleil. Il y a bien peu de temps, ce soleil l'aurait attirée dans la forêt. Si rien n'était arrivé, elle arpenterait aujourd'hui les sous-bois, derrière son père, l'arc en bandoulière. Il se coulerait sous les branches d'un sapin, elle poserait le pied sur une brindille, il dirait : « Chchch ». Ils se faufileraient, feraient leur pas léger pour glisser comme des ombres à l'affût...

Seulement son monde avait changé. Elle portait une robe, et cela faisait d'elle une autre personne. Elle regarda sa plume. Oui, la plume et la robe allaient ensemble. Elle s'imagina en chausses, et eut alors l'impression qu'elle ne pourrait pas dans cette tenue supporter d'être là, assise. Suffisait-il de changer de vêtements pour changer de personnalité ?

À l'aide d'une lame fine, elle gratta un peu la plume d'oie, qui n'en avait pas vraiment besoin... c'était juste une excuse pour ne pas se mettre au travail tout de suite. Chacun avait ses préoccupations. La cloche et les remparts de la Ville Nouvelle ne la touchaient guère, par contre, les paroles d'Estienne, l'attitude du miseur qui ne la laissait jamais seule depuis la fameuse séance à la maison de la confrérie, la situation de Béatrice... Et puis...

Un pas dans le couloir. Ce n'était pas Lucasse, elle venait juste de sortir. Une silhouette dans la porte, Messire Gilles Boisguérin de Villefranche. Il aurait guetté le départ de Lucasse, qu'il n'aurait pas fait plus vite. Ignorait-il l'absence de son frère ? D'un coup, sans qu'elle sache pourquoi, Philippa sentit ses muscles se tendre, comme prêts à la fuite.

« Jc vois, dit le mercier d'un ton neutre, que vous êtes aux écritures. Justement, c'est ce qui m'amène. Pouvez-vous retrouver dans le registre combien ma maison a livré de cuivre pour la fonte de la cloche ? J'en ai perdu le compte malencontreusement. »

Philippa descendit lentement de son tabouret, surveillant Gilles Boisguérin du coin de l'œil, comme s'il devait lui sauter dessus, ce qui était en soi une idée folle. Elle retira le registre de la bibliothèque et l'ouvrit à la bonne page.

« Trois mille livres, dit-elle, et huit cent cinquante de mintaille.

— C'est bon, je vais en prendre note. Mais je vois quc vous n'êtcs pas n'importe qui : vous savez lire. »

Philippa ne répondit pas.

« Lire et écrire. C'est rare pour une fille qui a été élevée à la campagne.

— Je suis la fille de messire Jamet, dit Philippa en faisant le geste de reprendre son travail.

— Qu'il aurait eue avec une aubergiste de Venise, je sais... »

Philippa sentait le regard sombre de l'homme qui l'examinait, la mettant de plus en plus mal à l'aise. Elle gardait les yeux rivés sur son papier.

« Venise... mon frère s'y est rendu en 1456, j'en ai un souvenir fort précis. Ce qui, si je compte bien, vous fait naître en 1457. Cela vous fait donc douze ans cette année, et non treize comme il me semble que vous ayez bientôt. »

Philippa ne bougea pas. Ses pensées s'embrouillaient. Sans doute les affirmations du mercier étaient-elles exactes.

« Je ne garde pas souvenir de ma naissance, dit-elle avec un calme dont elle ne se serait pas crue capable, et personne ne sait quel jour elle eut lieu. Mon âge est donc approximatif. J'ai entre douze et treize ans, mais peut-être tout juste douze, effectivement. »

Le mercier la considérait d'un œil froid, en se frottant le menton.

« Je ne crois rien de cette histoire », lâcha-t-il enfin.

Philippa prit un air indifférent.

« Et je ne crois pas un seul instant que mon frère ait pu abandonner à son sort une femme qui attendait un enfant de lui. »

Philippa ne dit rien. La pensée l'effleura qu'elle aussi avait du mal à le croire, et pourtant, n'était-ce pas ce qui s'était passé, non avec une Vénitienne, mais avec Guillemette Landais ?

« On ne connaît pas toujours les êtres qui vous sont les plus proches, dit-elle.

— Croyez-vous... »

Le ton était d'une ironie insultante.

« Et puis, personne ne sait les raisons, les condi-

tions. Chacun peut sans doute, dans certaines circonstances, commettre des actes qu'il regrette.

— Suffit ! cria le mercier. Épargnez-moi vos sornettes ! Je ne crois pas un mot de tout cela. »

Il saisit Philippa par le devant de sa robe :

« Qui êtes-vous ? »

Comme Philippa ouvrait la bouche d'un air terrifié, il reprit :

« Pas sa fille, je ne suis pas assez sot pour le croire. Qui êtes-vous ? Répondez ! On n'adopte pas n'importe quelle orpheline quand on s'appelle Boisguérin. Même en essayant de la faire passer pour sa fille pour justifier son geste. »

Retrouvant ses esprits, Philippa se dégagea d'un mouvement brusque.

« J'ai pris mes renseignements, continua le mercier d'un ton menaçant : vous êtes arrivée ici un après-midi, déguisée en garçon. Il ne vous attendait nullement, sinon il ne vous aurait pas laissée venir seule d'on ne sait où. Ce que vous lui avez raconté pour vous introduire ici, j'aimerais bien le savoir ! »

Philippa demeura immobile, raide, essayant de remettre de l'ordre dans ses pensées. Les yeux de l'homme l'impressionnaient. Elle sentait que ses jambes ne la portaient plus, que sa langue se collait à son palais, derrière ses mâchoires crispées.

« Que lui avez-vous raconté ?

— Vous le lui demanderez vous-même.

— Et insolente, avec ça... Ne vous en faites pas, je saurai le fin mot. Mon frère est trop bon, et avalerait n'importe quelle histoire, pourvu qu'on sache pleurer. Mais moi, je ne m'en laisse pas conter, je connais le genre de fille que vous êtes : une intrigante, à la recherche d'un vieux célibataire riche, sans enfant, et si possible sans famille. Mais voilà l'obstacle imprévu : je suis là, et pas disposé à laisser mon frère se faire avoir. Comptez sur moi pour lui ouvrir les yeux, et préparez votre baluchon pour retourner à votre fange... »

Il tourna les talons et s'en fut, plein de fureur et de détermination. Philippa resta sans force, avec seulement dans la tête l'image du surcot d'écarlate dans l'encadrement de la porte.

Un bruit dans le couloir :

« Damoiselle Philippa... »

C'était juste un des valets.

« Messire Boisguérin est parti ?

— Il vient de sortir.

— Non, pas messire Gilles, je veux parler de messire Jamet.

— Il est parti voilà une heure.

— Ça ne va pas bien, damoiselle Philippa ?

— Si, si. Que se passe-t-il ?

— Ce sont les fondeurs qui sont là. Ils disent qu'on a fini de briser la cloche, et qu'on a procédé à la pesée du métal : eh bien, il en manque. On en a volé. Quelqu'un a volé du bronze.

— Oh ! » souffla Philippa sans même s'en rendre compte.

Elle se sentait si perdue, si fatiguée. Le valet n'était plus là. Le registre ouvert alignait ses chiffres. Enfouissant son visage dans ses mains, Philippa se mit à sangloter.

*

Philippa ne descendit de sa chambre que pour le souper. Elle avait prétexté une mauvaise migraine. Inquiète, Lucasse ne cessait de monter, proposant tour à tour mille douceurs, hermines et fleurs de lys[1], des amandes, des dragées. Philippa répondait par la porte fermée qu'il valait mieux qu'elle dorme un peu, et que tout irait mieux ensuite.

Enfin elle se résolut à regagner la boutique. Lucasse n'était pas là, Estienne se tenait derrière le comptoir, pâle et immobile.

« N'est-il pas temps de fermer la boutique ? » soupira-t-elle.

Comme Estienne ne semblait pas vouloir bouger, elle insista :

« Vous ne croyez pas ?

— Faites-le, grogna-t-il. Je suis fatigué. »

---

1. *Hermines et fleurs de lys* : pâtisseries.

Le visage de Philippa s'assombrit.

« Qu'avez-vous ?

— Rien. Tout.

— Tout quoi ?

— J'ai mal à la jambe, et je suis resté debout toute la journée pour servir.

— Faites voir...

— Non. »

Comme Philippa s'approchait tout de même, il chercha à ramener sa jambe vers lui pour la cacher.

« Vous ne pouvez pas la bouger ?

— Elle me fait mal, c'est tout.

— Elle est cassée, Estienne. Comment avez-vous fait cela ?

— Rien. J'ai glissé, laissez donc.

— Si vous ne vous soignez pas, elle ne se réparera pas et restera tordue. Et même l'infection peut s'y mettre, et vous en mourrez.

— Quelle importance !

— Quelle importance... ? »

Philippa soupira avec découragement et décida :

« Je vais chercher un chirurgien. Rue de la Psalette, il y en a un.

— Vous n'allez nulle part !

— Mais Estienne, pourquoi vous entêter ?

— Je ne veux pas de chirurgien, pas de médecin, pas de barbier.

— Pour quelle raison ?

— C'est ainsi. »

Sans rien ajouter, Philippa se redressa, puis elle fit lentement le tour de la boutique, dégagea l'étal et le releva, rabattit le volet supérieur, ferma la porte et poussa le verrou. Il faisait soudain très sombre, un peu de lumière tombant juste par les étroites ouvertures du haut.

« Vous êtes allé cette nuit au Champ-Jacquet », dit-elle.

Il ne répondit pas, le visage fermé.

« Vous vous êtes approché de la cloche. Il avait plu. Vous avez glissé dans le trou.

— Non ! grogna-t-il. J'ai soulevé un gros morceau de bronze, un trop gros morceau. Il était plein de boue d'un côté. Il m'a échappé des mains et m'est tombé sur la jambe.

— Ce n'est pas une raison pour ne pas vous faire soigner.

— Les gardes ne m'ont pas vu près de la cloche, mais ils m'ont vu ensuite... Ils ont crié "Oh ! le boiteux ! Il est interdit de venir par ici !" Ce matin, quand ils ont pesé la cloche, ils ont dû se rendre compte... alors ils se rappelleront.

— Et... vous avez tout de même emporté le morceau ? »

Inconsciemment, elle s'était refusée à employer le mot de « vol ».

« Mêlez-vous de ce qui vous regarde. Maintenant,

vous pouvez me dénoncer, je m'en moque ! On va me mettre à La Feillée[1], et je mourrai dans un cachot, à bout de sang et d'espoir.

— Oh ! Ça suffit comme ça ! se fâcha Philippa. Vous êtes vraiment le garçon le plus malheureux de la terre ! Regardez-vous, à la fin : vous avez le malheur d'avoir une bonne place d'apprenti auprès d'un bon maître, l'avenir assuré par la succession de la mercerie de votre père, un nom respecté sur Rennes, des frères qui vous aiment... Il est peu de misères comparables à la vôtre.

— Il n'y a pas que cela pour faire la vie d'un homme.

— Peut-être, mais cela ne vous donne pas le droit de vous plaindre. Je m'en vais de ce pas au Champ-Dolent, chercher une peau de mouton fraîchement écorché pour vous envelopper la jambe.

— C'est dégoûtant...

— Ce n'est pas dégoûtant, c'est le meilleur remède. En séchant, elle durcira et vous maintiendra la jambe.

— Vous ne pouvez pas vous rendre au Champ-Dolent, ricana Estienne. Une jeune fille de votre société ne peut se rouler dans cette fange.

— Ce n'est pas la fille du miseur qui y va, mais le garçon du pays fougerais. Si Lucasse arrive, dites-lui que vous vous êtes cassé la jambe dans l'escalier, et

1. *La Feillée* : prison, située près de la porte Saint-Michel.

je suis prête à confirmer que j'étais avec vous quand c'est arrivé. J'espère qu'elle ne sera pas de retour avant moi, elle est partie à l'office du soir. Elle en a pour une bonne heure.

— Vous savez ce que dit mon père ? ricana soudain Estienne. Que je finirai écorcheur de chevaux ou pendeur de larrons.

— Je n'en crois pas un mot, grogna Philippa en sortant, mais c'est à chacun de faire sa vie. Ne bougez pas et cessez de gémir sur vous-même. »

13

Une mise au point

« Êtes-vous sûr que vous pouvez tout de même tenir la boutique ? demanda Jamet Boisguérin.

— Ce n'est pas parce que ma jambe est cassée que je suis malade, maître Jamet. En m'appuyant de cette façon sur ma béquille, je puis aller et venir sans problème.

— Tant mieux, il me serait difficile en ce moment de me passer de vous. Que de problèmes à résoudre en même temps ! Comment se sont passés ces trois derniers jours, à la boutique ?

— Nous avons eu beaucoup de chalands, et j'ai même vendu à plusieurs personnes un nombre impressionnant d'aunes de satin de Bruges. Si c'est en ce moment à la mode, il faudrait en commander de nouveau.

— “À la mode” ? Qu’est-ce que cette expression ?

— On dit beaucoup cela, maintenant.

— Cela ne me paraît point être de bon français. Où est le respect de la langue ? ... Bon, commandons tout de même du satin. Est-ce tout ? Pas de visite ? Pas de message ?

— Je ne crois pas... Une chose curieuse, cependant : messire votre frère est venu, mais il n’est pas passé par la boutique. Comme vous étiez absent, et Lucasse sortie, j’ai pensé qu’il allait repartir tout de suite, mais il est resté là un bon moment. Sans doute avait-il un message à laisser à Philippa. A-t-elle pensé à vous le transmettre ?

— Hum...

— En tout cas, quand il est reparti, il avait l’air furieux. Sans doute Philippa n’a-t-elle pas pu le renseigner et il s’est fâché. Moi, je ne suis pas allé voir : j’avais la boutique à tenir, et votre frère – je suis désolé de vous dire ça, messire Boisguérin – me fait un peu peur.

— Philippa ne m’en a rien dit. Je suppose qu’elle ne l’a pas jugé important, mais je vais tout de même le lui demander. »

« Philippa ! »

La voix de Jamet Boisguérin était anxieuse.

« On me dit que mon frère est venu, que voulait-il ? »

La jeune fille leva les yeux de son écritoire.

« ... Je pense, dit-elle d'une voix hésitante, je pense qu'il vaut finalement mieux que vous le sachiez : il ne croit pas que je sois votre fille... mais il n'a aucune idée de la vérité, rassurez-vous. Il croit seulement que c'est moi qui vous ai trompé. »

Philippa vit le visage du miseur se contracter, la colère envahir ses yeux, son front se plisser.

« Et j'imagine qu'il vous a menacée. »

Philippa ne répondit pas. La question ne demandait pas de réponse.

Le miseur la fixa soudain avec inquiétude :

« Vous ne lui avez rien dit... ? »

Philippa secoua la tête.

« Il ne faut pas vous fâcher avec votre frère à cause de moi, messire Jamet. C'est important, d'avoir un frère. Moi je n'en ai pas.

— Oui... Ça dépend quel frère.

— C'est cette histoire de Venise, qui a attiré son attention. Il paraît que les dates ne correspondent pas bien. J'ai essayé de lui prouver que si, mais il n'en a rien cru... »

Philippa posa sa plume et ajouta :

« J'ai hésité à vous mettre au courant, pour ne pas vous inquiéter, mais.... votre frère aussi m'a dit qu'il voulait faire la lumière... Serait-ce vraiment si ennuyeux, qu'il découvre la vérité ? »

Jamet Boisguérin arpentait la pièce, comme à son habitude quand il était troublé ou fâché.

« Ne serait-il pas plus simple de lui dire...

— N'en parlons plus.

— Excusez-moi, mais je ne vois pas...

— Laissez. Ce n'est pas votre affaire, Philippa. »

C'était la première fois que Philippa voyait le miseur dans une telle colère. Elle baissa le front.

« Bon, dit le miseur. Il est inutile de se fâcher. »

Mais les mots eux-mêmes étaient fâchés. Jamet Boisguérin sortit et se réfugia dans la cuisine. Philippa l'entendit parler avec Lucasse, sans comprendre ce qui se disait. Elle avait eu tort d'intervenir, cela ne la regardait pas... ou plutôt si, cela la regardait, mais elle ne devait pas s'en mêler. Par moments, l'agacement la gagnait. Tout lui paraissait flou, noyé de brouillard, incompréhensible.

Enfin Lucasse apparut à la porte donnant sur la cuisine.

« Allons, dit-elle, nous avons besoin de sortir pour nous détendre l'esprit. M'accompagnerez-vous ? Si vous voulez, nous nous arrêterons à Saint-Sauveur. La prière est une aide. »

Philippa ne comprit pas de quelle aide Lucasse supposait qu'elle puisse avoir besoin, mais elle prierait.

« Ensuite, nous irons voir les carillons, vous savez, ceux qu'on doit mettre auprès de la grande cloche. On va en essayer les tonalités. Il paraît qu'ils sonneront la musique du *Regina Caeli* toutes les heures, et de *l'Alleluia* aux demi-heures. Allons ! Ne faites pas ce visage. Laissez-vous vivre et ne prêtez pas attention à l'humeur de messire Jamet. Déjà, quand nous étions enfants, il était capable de grosses colères. Mais rassurez-vous, elles passent aussi vite qu'elles sont venues. À votre place – et j'y suis souvent – je ferais tout comme si rien ne s'était passé. »

Elles furent interrompues par un courrier qui se présenta à la porte :

« Une lettre pour messire Boisguérin !

— Il est absent, dit Lucasse, vous pouvez me la donner. »

Tandis qu'elle regardait le papier plié, Philippa lut par-dessus son épaule :

« Elle est adressée à Gilles Boisguérin, dit-elle, pas à Jamet.

— Ah ! je me suis trompé.

— L'hôtel de messire Gilles est en face, mais portez ceci plutôt à sa boutique, rue du Griffon, vous serez plus sûr de le trouver.

— Bien ! conclut Lucasse en regardant le courrier s'éloigner. Si nous sortions, maintenant ? »

Elles prirent par la rue de la Miterie et entrèrent

dans la chapelle Saint-Sauveur. Tout y était sombre, sauf un coin, sur le côté, illuminé de cierges, devant lequel se recueillaient de nombreux fidèles. Lucasse poussa Philippa par là, mais la jeune fille résista. Elle n'aimait pas se mêler aux autres. Elle s'agenouilla près de l'entrée, sur les dalles fraîches, et pria Dieu pour son père, mettant en Lui son espoir que son père n'ait rien fait de répréhensible, qui lui ait valu une vengeance féroce. Non, son père était innocent... Dieu le savait, il saurait faire justice. Il fallait qu'il fasse justice !

Elle soupira. Ce n'était pas à elle de décider pour Dieu ce qui était bien ou mal. Elle baissa les yeux et demanda encore au Seigneur d'aider Estienne et de le ramener dans le droit chemin, de prêter assistance au miseur, de veiller sur elle aussi, qui se sentait parfois si désemparée. Puis elle se releva et détailla de loin la statue devant laquelle étaient agenouillés la plupart des fidèles. C'était une statue de la Vierge, richement habillée et parée, illuminée par une infinité de petites flammes vacillantes. Elle attendit que Lucasse ait fini de prier et l'entraîna dehors.

« Croyez-vous, demanda-t-elle, que la Vierge Marie ait été vêtue aussi richement, quand elle mit Jésus au monde ?

— Non, sans doute.

— Alors, sa statue est une tromperie.

— Non, on ne peut pas dire cela. Sa statue est drapée de la reconnaissance du peuple. C'est une statue miraculeuse. On la nomme Notre-Dame des Miracles.

— Quel miracle ?

— Dans un temps où la ville était tenue par les Français et assiégée par les Anglais, il y a plus de cent ans de cela, les Anglais creusèrent un tunnel pour pénétrer dans la ville, un tunnel qui passait sous la chapelle.... Une nuit, les cloches se mirent à sonner à toute volée. On se précipita dans la chapelle, et que vit-on ? La Vierge Marie qui rayonnait de lumière ; et son bras, au lieu d'être levé pour désigner le ciel, s'était abaissé pour désigner le sol. À la place que son doigt montrait, les gens entendirent les coups sourds de l'Anglais qui creusait. »

Philippa réfléchit un moment et dit :

« La Vierge Marie était donc pour les Français, ct contre les Anglais ?

— La Vierge Marie est contre les envahisseurs, qui font souffrir les villes.

— Pourtant, à d'autres moments, c'étaient bien les Français, qui assiégeaient Rennes !

— Ma foi, je ne sais rien de cela. Pour moi, Français et Anglais se valent. J'aime les voir hors de nos murs[1]. »

Philippa faillit dire « ma grand-mère » et se reprit :

« Une vieille dame m'a raconté qu'au temps de

1. La Bretagne était alors indépendante. Elle ne sera rattachée à la France qu'en 1532.

cette guerre où les gens de la Maison de Montfort et ceux de la Maison de Penthièvre se disputaient la Bretagne, Rennes fut assiégée. La ville mourait de faim et, pour la faire céder, l'assaillant a lâché des centaines de cochons devant les remparts. Dans la ville, les gens étaient tellement affamés qu'à la vue de ces cochons, ils faillirent se rendre. Mais alors quelqu'un a eu une idée : on pendit par les pattes, à la porte Mordelaise, la seule truie qui restât dans Rennes. La pauvre bête s'est mise à crier, ce qui a attiré tous les porcs... et ils sont rentrés dans la ville. »

Lucasse éclata de rire :

« Oh ! c'était il y a bien longtemps, alors, un temps que je n'ai pas connu. C'est comme les histoires de messire Du Guesclin, il y en a de vraies et de fausses. Dépêchons-nous, j'entends déjà les carillons. »

*

Pendant ce temps, Jamet Boisguérin marchait à grands pas dans la direction opposée. Il passa devant les larges et riches façades de la rue du Griffon sans rien regarder. Il ne voyait que la porte de la boutique de son frère. Au dernier moment, pourtant, il se ravisa et emprunta l'étroit passage qui menait directement à la porte de l'arrière-boutique. C'était une petite pièce sombre, qui avait abrité leurs jeux d'enfants, où ils s'enfermaient autrefois pour se faire peur, et qui servait maintenant de bureau à Gilles.

Sans frapper, Jamet entra. Il n'y avait personne. À gauche dans le mur, était fichée une perche qui servait à suspendre les vêtements. Souvent, son frère ne regagnait pas son hôtel particulier le soir, et dormait là, entre les registres qui sentaient le moisi.

« Par Dieu ! s'exclama Gilles Boisguérin en entrant par la porte d'en face, mon cher frère ! Que me vaut l'honneur ? Vous me semblez fort agité.

— Ne vous faites pas plus sot que vous ne l'êtes, mon frère. Et je viens vous prier fermement de ne plus approcher de Philippa. J'ignore ce que vous lui avez dit, mais je me doute qu'il ne s'agissait pas de mots de bienvenue. Elle en était encore tout émue.

— Cessons cette comédie, voulez-vous ? Justement, je suis bien aise que vous introduisiez ce sujet. Votre histoire de Venise m'a beaucoup amusé, mais je crois de mon devoir de vous dire que vous êtes certainement en train de réchauffer une vipère dans votre sein.

— Croyez que je sais ce que je fais, et votre aînesse ne vous donne aucun droit de vous en mêler.

— C'est dans votre intérêt ! Je ne sais ce qu'elle vous a raconté, mais j'ai bien vu à son visage que j'avais visé juste : elle n'est sûrement pas ce qu'elle prétend être. Peut-être même ne s'appelle-t-elle pas Philippa.

— Elle ne s'appelle pas Philippa. »

La phrase prit Gilles de court. Sur le moment, il ne sut que dire. Jamet continua :

« Avant de venir, j'ai pris soin d'avertir mes amis que l'adoption était chose faite. Ainsi elle ne craint plus rien. Voulez-vous toujours savoir qui elle est ?

— Cela m'amuserait, oui....

— Elle s'appelle Guillemette Landais. »

Sur ces mots, Jamet Boisguérin sortit, laissant son frère pétrifié au milieu de la pièce. Il n'avait pas tourné l'angle de la ruelle, que son frère le rattrapait, le tirant violemment par la manche pour l'obliger à s'arrêter.

« Que sait-elle ? siffla-t-il.

— Rien. Que je suis son grand-père. »

Gilles serra les poings. Sur son visage fermé, sur ses lèvres minces et crispées, se dessina peu à peu un vague rictus, narquois :

« Regardez-moi, mon frère, on dirait que cette vieille histoire vous donne encore des frissons... »

Jamet lança à son frère aîné un regard méprisant et reprit son chemin.

« Vraiment, vous auriez dû l'épouser ! » lança Gilles en ricanant.

Jamet ne se retourna pas. Il passa le coin de la rue, et l'odeur de tripes lui rappela que la vie continuait, et qu'il n'avait plus l'âge d'essuyer une larme.

« Que s'est-il passé ? demanda Lucasse.

— Laisse-moi, je n'ai pas envie de parler. »

À la lueur des chandelles, Lucasse ne distinguait pas les traits du miseur. Il s'était enfermé dans la petite salle en début d'après-midi, et n'en avait plus bougé, relisant prétendument les comptes rendus des réunions, et calculant, à ce qu'il paraissait, le métal à commander pour refaire le poids de bronze perdu, volé ou noyé au fond de la Vilaine lors du lavage.

« Ne serais-je donc bonne qu'à la cuisine, et à faire briller les coffres ? réattaqua Lucasse d'un ton de reproche.

— On frappe.

— Quoi "on frappe" ?

— On frappe à la porte de la boutique.

— Pffff... qui cela peut-il bien être à cette heure-ci ? »

Suivant Lucasse, le miseur se leva, se saisit d'un chandelier, et gagna la boutique. Il ne comprit pas tout de suite ce que l'homme disait, bien que cela fît ressurgir dans sa mémoire de vagues souvenirs.

« Va doué ! s'écria Lucasse. C'est mon cousin Per !

— Je ne comprends pas ce qu'il dit. Ne parle-t-il que le breton ?

— Dame, il est de Daoulas, comme était ma mère. Avez-vous oublié la langue de votre nourrice ?

— Je serais encore capable de chanter quelques berceuses, mais de là à comprendre... »

Cherchant ses mots dans un breton hésitant,

Lucasse fit entrer l'homme. Il était plutôt petit, portait un large chapeau et un manteau de voyage sur sa robe de bénédictin.

« Il vient de l'abbaye de Landévennec, et se rend à l'abbaye Saint-Melaine, traduisit Lucasse. Voyez, je ne parle plus bien, mais je comprends encore.

— Ne parle-t-il pas du tout français ?

— Du tout. Seulement un peu de latin. »

Jamet Boisguérin entama donc avec l'homme une conversation en latin. Celui-ci voyageait depuis plus d'une semaine, le plus souvent à pied, parfois dans la charrette d'un commerçant ou d'un paysan qui se rendait à la foire. Il refusa un reste de rôti, se contentant d'une soupe et d'un morceau de pain, qu'il mangea à petites bouchées, tandis que Lucasse secouait chapeau et manteau au-dessus de la cheminée pour en faire tomber la vermine.

Puis les deux cousins échangèrent en breton des nouvelles de la famille, et Jamet Boisguérin ne comprit plus que quelques mots, ici ou là. Était-ce la remembrance inconsciente de sa nourrice et de la douce chaleur de sa jupe ? Il sombra lentement dans le sommeil, sur son fauteuil, près de la cheminée.

14

Des moments douloureux

Par amitié pour sa cousine, le moine bénédictin accepta l'hospitalité de Jamet Boisguérin jusqu'au lendemain, demandant seulement de se rendre pour entendre la messe à l'abbaye Saint-Melaine, où il voulait se présenter à ses frères bénédictins.

On était au lendemain de la Saint-Pierre.

Placis de la Poterie, on pendit après jugement le porc qui avait dévoré un enfant. Le tavernier de la rue du Vau-Saint-Germain accrocha une bille de bois au-dessus de sa porte, pour indiquer qu'il venait de mettre un tonneau en perce. Deux lavandières s'entre-tuèrent à coups de battoir près de la porte Saint-Yves, un fabricant de lacets se noya sous le pont

Saint-Germain, trois enfants naquirent de la même mère, rue de la Basse-Parcheminerie.

Ce même jour, s'ouvrait la plus grande foire de la région, celle des Polieux. Philippa eut le droit de s'y rendre dès le matin avec Lucasse, d'acheter des confiseries et même de boire un peu d'hypocras. Jamet Boisguérin avait retrouvé sa bonne humeur, sans que Philippa arrive à savoir ce qui s'était passé. La seule chose qu'elle avait cru comprendre, c'est qu'elle n'avait plus rien à craindre de Gilles Boisguérin. Mais qu'aurait-elle eu à craindre ? Que pouvait-il lui faire ?

Enfin, il paraissait qu'il s'était rendu à la raison, et n'entreprendrait plus rien, ni en actes ni en paroles, contre elle. Au lieu de la rassurer, cette nouvelle l'inquiéta plutôt.

« Dites-moi, Lucasse, messire Jamet est-il très riche ? »

Lucasse jeta un coup d'œil étonné sur la jeune fille : « Assez riche.

— Assez riche pour que son frère veuille me tuer pour que Béatrice hérite ?

— Va doué ! messire Gilles a donc voulu vous tuer ? »

Ce n'est pas du tout ce que Philippa voulait dire, mais la réaction de Lucasse la stupéfia.

« Non... non... pourquoi ? Vous le croyez vraiment capable de cela ?

— Mais non ! Mais non !

— ... Il tuerait pour un héritage ?

— Sottises ! Qui vous a mis cette idée dans la tête ?

— Personne, mais... Il a un drôle de regard, cet homme.

— Messire Gilles n'a jamais été un enfant facile, et l'adulte qu'il est devenu l'est encore moins. Pourtant... si vous saviez comme il était beau... beau comme un ange, ou comme le Diable, je ne sais.

— Et messire Jamet ?

— Plus ordinaire. À peine prêtait-on attention au petit Jamet, tant le visage de son aîné frappait. Mais moi, je les connaissais bien, pour avoir été élevée avec eux, et pour rien au monde je ne serais restée au service de Gilles.

— Lucasse... Ma grand-mère est bien partie parce que messire Jamet ne voulait plus d'elle, n'est-ce pas... ?

— Je ne sais rien de cette histoire. »

Elle n'avait jamais quitté la famille Boisguérin, et elle ne savait rien ? Philippa soupira : il était inutile d'insister !

Elles cheminèrent en silence pendant un moment.

« Savez-vous, Lucasse, reprit enfin Philippa, lorsque messire Gilles m'a dit que j'avais trompé son frère pour m'approprier sa fortune, j'ai eu tellement honte… Honte parce que, finalement, on dirait que c'est vrai, même si je n'y ai pas pensé.

— Si vous n'y avez pas pensé, il n'y a pas de honte.

— Si, Lucasse, si : je ne l'avais pas pensé sous cette forme-là. Jamais le mot “héritage” ne m'a effleurée, mais je me suis dit que, si cet homme était riche, cela ne lui ferait pas grande difficulté de se charger de moi.

— Ce n'est pas du tout pareil, tranquillisez-vous. »

Elle se mit soudain à chuchoter :

« Nous arrivons à la cathédrale. Tenez-vous droite et gardez une attitude sage et modeste, car soyez sûre qu'on vous observera. Le moindre de vos regards sera épié, le moindre de vos murmures interprété.

— Je garderai les yeux baissés… Ne pourrais-je tout de même regarder le croquis de la cloche ?

— Nous reviendrons un autre jour, en dehors des heures de messe… Grand Dieu, que se passe-t-il ?

— N'est-ce pas la tripière ? »

C'était elle, sur le parvis de l'église, la bouche ouverte, le regard angoissé. Elle ressemblait si peu à la tripière qui haranguait les foules sous les fenêtres du miseur que Philippa en demeura saisie.

« Ne nous approchons pas, souffla Lucasse en agrippant le chaperon de satin de Philippa.

— Qu'y a-t-il ?

— Elle a la lèpre. Ne nous approchons pas, elle

peut nous la transmettre par sa respiration, ou même par son regard. »

Elles s'immobilisèrent. La foule était nombreuse, mais ordinaire pour un dimanche.

« Si on aurait pu croire ! grogna le marchand de chandelles juste à côté d'elles. Une personne si vivante !

— J'espère qu'elle n'avait pas mis la maladie dans sa marmite, dit le regrattier d'un ton inquiet.

— Regarde le curé : il fait ce qu'il doit faire, mais sans trop point s'approcher. »

Sur le parvis, un prêtre aspergeait la malheureuse d'eau bénite, en prenant effectivement soin de se tenir à bonne distance. Il lui donna l'extrême-onction, en se gardant toujours de la toucher, puis il jeta un peu de terre à ses pieds.

Les larmes ruisselaient sur les joues de la tripière. Elle se baissa, ramassa le voile noir et le bandeau rouge qu'elle était désormais contrainte de porter, et rabattit le voile sur son visage. Tandis qu'elle descendait les quelques marches, une religieuse lui tendit une cliquette de bois. Chacun s'écarta pour laisser passer celle qui était désormais morte au monde, et qui serrait sa cliquette d'une main effrayée, sans se résoudre encore à la secouer. La religieuse lui parlait à voix basse.

« Elle va à la léproserie des religieuses, souffla Lucasse. C'est toujours mieux que les douves de la porte Saint-Michel. Elle vivra d'autre chose que des croûtons qu'on leur jette par-dessus le mur.

— Lucasse... C'est terrible... Lucasse, est-ce que... est-ce que je n'ai pas commis un affreux péché en disant à messire Boisguérin que je n'avais pas de famille ? Dieu m'appelait peut-être à la maladrerie, auprès de ma grand-tante. Au moins, je me serais rendue utile...

— Qu'allez-vous chercher là ! Vous n'avez pas du tout une âme de religieuse, vous auriez été malheureuse, voilà ce qui se serait passé... Et puis, votre place était auprès de votre grand-père, qui lui aussi a besoin de vous, non d'une vague grand-tante. »

Philippa fut reconnaissante à Lucasse de ces mots qui la consolaient, puis elle retomba dans des pensées amères et réprima une envie de pleurer. Non qu'elle aimât particulièrement la tripière, mais le malheur qui frappait si injustement n'importe où la révoltait. Elle leva les yeux vers la cathédrale, comme pour demander raison à Dieu de tout cela, puis les rebaissa. Était-elle en droit d'apostropher Dieu ?

Après la messe, elle refusa d'aller regarder une partie de soule[1] qui se déroulait aux Lices, refusa même de retourner à la foire qui pourtant l'avait tant séduite, avec toutes ces marchandises, cette vie, cette gaieté, les couleurs chatoyantes des tissus, les yeux écarquillés des hérons, la douceur des pains de sucre,

1. *Soule* : jeu de ballon, ancêtre du rugby.

le ventre rebondi des pots de cuivre, si brillants qu'ils renvoyaient la lumière du soleil. Elle savait que Jamet Boisguérin y serait, choisissant les bois de charpente pour la réfection des tours, mais elle n'avait envie de parler à personne, et demanda à Lucasse de la ramener rue du Four-au-Chapitre.

Elle s'étendit un moment sur son lit. Elle était seule à la maison, tous les serviteurs étaient partis à la foire. La pensée qu'elle ne sentirait pas l'odeur de tripes à son réveil lui souleva le cœur, exactement de la même façon que l'odeur elle-même. Elle se releva et descendit aux cuisines pour se faire une tisane.

C'était étrange : de la cuisine, venaient des voix. Elle se glissa, un peu inquiète de ce qu'elle allait surprendre, jusqu'à la porte. Elle n'en crut pas ses yeux : Béatrice était affalée sur la table et sanglotait, tandis que le bénédictin la considérait d'un œil soucieux.

« ... Béatrice... »

La jeune fille releva la tête et essuya ses yeux. Ce qui frappa Philippa, c'est qu'elle portait une cape de velours foncé, malgré la chaleur, sur une robe très simple, de drap marron.

« Béatrice... dites-moi ce qu'il y a.

— Je m'en vais.

— Vous vous en allez ? Où cela ? »

Béatrice passa ses mains sur son visage. Le bénédictin ne bougeait pas, contemplant d'un air attentif les deux jeunes filles.

« J'ai aperçu ce bénédictin qui entrait ici, et ma décision a été prise. J'ai voulu le lui dire, mais il ne comprend pas le français. Il a juste accepté de me bénir.

— Où voulez-vous aller ? »

Les larmes recommencèrent à rouler sur les joues de Béatrice :

« Je voudrais aller loin, loin, mais comment le puis-je ? »

Regardant son interlocutrice, elle gémit :

« Oh ! Philippa, que ne suis-je comme vous !

— Il est heureux pour vous que vous ne me ressembliez pas.

— Vous êtes beaucoup plus jeune que moi, et avez beaucoup plus de courage.

— Moi ?

— Bien sûr. Vous êtes venue à pied depuis le pays de Fougères jusqu'à Rennes. Moi, je ne saurais même pas comment faire pour me rendre à Fougères. Par où partir ? Où aller ?

— C'est facile, dit Philippa. Personne ne sait tout d'avance. Aussi, il faut se renseigner. Par exemple, pour Fougères, vous commencez par demander où se trouve l'octroi de Fougères, qui est forcément sur la route, et puis...

— Tout vous paraît si simple, et à moi si compliqué ! Traverser la ville m'est déjà insurmontable. Vous ne savez pas quelle a été ma vie.

— Plante élevée derrière la fenêtre ne devient jamais forte, dit Philippa. Mais il est encore temps de regarder le monde.

— Non, non, je ne le veux pas. Je n'en ai pas envie. Seuls les murs d'un couvent seront ma demeure. »

Philippa ne fit pas de remarque. Elle ne pouvait partager les vues de Béatrice, mais elle pouvait comprendre le désespoir.

« Mon père ne cédera jamais, il avance les projets de mon mariage, je ne puis plus attendre. J'aurais voulu me réfugier chez les sœurs de Saint-Sulpice, mais je suis incapable de m'y rendre seule. Alors j'ai décidé d'aller frapper à la porte des bénédictines de Saint-Georges. Ce n'est pas loin, à l'intérieur des murs de la Ville Neuve.

— Non, ce n'est pas loin, dit Philippa, c'est tout droit par la rue Baudrairie et du Vau-Saint-Germain. Vous savez où est l'église Saint-Germain ? ...

— Oui. Je sais qu'il faut la dépasser et prendre la rue derrière. J'ai un peu peur d'y aller seule : jamais de ma vie on ne m'a laissée sortir seule, et jamais il ne m'est venu à la pensée de le demander. »

Philippa s'appuya sur la table et regarda Béatrice. Lui dire qu'elle ne voulait pas qu'elle s'en aille, que le cœur lui poindrait d'ouvrir sa fenêtre chaque matin sans rencontrer son sourire ? Elle proposa seulement :

« Je puis aller avec vous.

— Oh non ! Non. Si mon père apprenait cela... Il est déjà tellement en colère contre vous, de voir la fortune de son frère échapper à sa famille... m'échapper... mais sachez que je suis heureuse que mon oncle vous adopte, qui que vous soyez, et que vous deveniez ma cousine.

— Qui croyez-vous que je sois, Béatrice ? demanda Philippa avec curiosité.

— Je ne sais, et cela n'importe. Mon père m'a raconté une histoire d'aubergiste séduite et abandonnée, mais cela ne peut être vrai. Non, pas mon oncle Jamet. Mais si mon oncle a prétendu cela, c'est qu'il a ses raisons, et je ne veux pas en juger. Moi, je vous adopte de tout cœur comme ma cousine. »

Philippa voulut dire combien ces paroles la soulageaient, mais déjà Béatrice se levait.

« Il faut que je parte.

— Êtes-vous si pressée ?

— Mon père a reçu un courrier, et il est en route pour Dinan, où il doit négocier je ne sais quoi. Tous les domestiques sont à la foire... Mais je ne voudrais pas rencontrer mon oncle. Il faut qu'il ignore mon départ, pour que mon père ne puisse rien lui reprocher.

— Attendez un instant, Béatrice. J'ai une idée. Savez-vous parler latin ?

— Un peu.

— Alors, demandez dans cette langue à ce moine bénédictin : il se rend à Saint-Melaine, et sera heureux de vous accompagner à Saint-Georges. Lui peut vous comprendre mieux que quiconque, et se moque des foudres de messire Gilles. Espérons que Lucasse ne va pas arriver tout de suite. Si elle savait, elle ne pourrait se taire : je la crois incapable d'affronter votre père.

— Et vous ?

— Moi si ! »

Affronter son père...

Peu à peu, sans qu'elle sache comment ses pensées se reliaient les unes aux autres, quelque chose s'éclaira dans l'esprit de Philippa. Pourquoi les mots de Béatrice lui revenaient-ils si fortement ? « Mon père a reçu un courrier », avait-elle dit. Ce courrier, elle se le rappelait fort bien : il était arrivé chez eux. Une erreur ! ... Et la lettre que son père avait écrite au miseur, la lettre dans laquelle il lui annonçait qu'il venait à Rennes pour le rencontrer... Le jour de son arrivée, Philippa avait eu l'impression que messire Jamet n'en avait pas entendu parler. Cela l'avait frappée : non, le miseur n'était pas au courant. La lettre...

la lettre était arrivée chez Gilles Boisguérin ! Mais alors...

« Vous sentez-vous mieux ? dit Lucasse en entrant.

— Lucasse... Lucasse... Messire Gilles possède-t-il une maison de campagne à Cesson ?

— Eh bien... pas vraiment, c'est la maison des grands-parents. Enfin, il la possède en commun avec messire Jamet. Pourquoi me demandez-vous cela ? ... Oh ! Philippa ! Vous ne vous sentez pas bien ? »

15

Le tonnerre

Gilles Boisguérin ne revint que pour accueillir Mgr le duc de Bretagne. Tout avait été soigneusement nettoyé, une estrade montée, la porte Mordelaise, porte royale, grattée de toute mousse et saleté, le blason qui l'ornait – deux lions portant les armes de la ville – repeint à neuf. Les maisons s'étaient tendues de draps multicolores, jetés d'une fenêtre à l'autre. On avait barré aux deux bouts la rue Saint-Yves où logerait le duc.

Gilles Boisguérin s'inquiéta tout d'abord de vérifier que sa boutique, tout comme son hôtel particulier, pavoisait plus que ses voisins, puis passa ses plus beaux atours et se joignit à la délégation qui devait recevoir le duc François, sur le pont-levis de la porte Mordelaise, comme c'était la coutume.

Lorsque au soir il s'aperçut enfin de la disparition de sa fille, il entra dans une rage voisine de la démence. Il renvoya tous ses domestiques, les accusant de négligence, et s'enferma dans le bureau de sa boutique sans vouloir recevoir quiconque. Il ne sut sans doute pas le rôle – faible au demeurant – joué par Philippa dans la fuite de Béatrice. Il maudit sa fille à plusieurs reprises, dans des termes dont la violence était à la mesure de son désespoir.

Pendant des jours et des jours, il demeura cloîtré, passant par tous les sentiments, de la colère au découragement, des cris à la prostration. Enfin il ouvrit la porte de son bureau, regarda le ciel au-dessus de la ruelle et, à pas lents, se dirigea vers la rue du Four-au-Chapitre.

En le voyant entrer dans la pièce, Jamet resta interloqué, et s'arrêta net de dicter à Philippa. On eût dit que son frère avait vieilli de dix ans en quelques jours ; il n'était pas rasé et son visage paraissait amaigri.

« Va ! chuchota-t-il à Philippa en lui faisant signe de quitter la pièce.

— Elle reste !

— Que cherches-tu, Gilles ? N'as-tu pas fait assez

de mal comme cela ? Va-t'en vite, Philippa, et ferme bien la porte. »

Stupéfaite par l'attitude des deux hommes, de l'un comme de l'autre, Philippa s'éclipsa vers la cuisine, ferma la porte et s'appuya dessus. Elle avait du mal à respirer. De nouveau, elle avait l'impression d'être l'enjeu involontaire de quelque chose qu'elle ne comprenait pas.

La porte close n'était que mince protection pour des voix d'hommes en colère. Elle entendit d'abord la voix sifflante de Gilles qui disait :

« Je la reprends.

— Vous n'avez rien à reprendre, vous n'avez jamais rien pris.

— Et vous, vous n'avez aucun droit sur elle.

— Je me suis trouvé des devoirs là où vous ne vous en êtes jamais vu. »

Philippa ne comprenait rien à ces paroles, et pourtant, elles s'enfonçaient comme épines dans son cœur.

« Vous l'avez trompée ! » cria Gilles.

Dans la cuisine, Philippa entendit soudain la voix murmurante de Lucasse, qu'elle n'avait pas vue : « Mon Dieu, protégez-nous ! » Et la servante se signa.

Philippa la considéra avec frayeur, comme si le Diable devait lui apparaître.

« Asseyez-vous, Gilles, dit alors Jamet d'une voix plus calme.

— Je refuse de m'asseoir et de vous écouter de nouveau me faire la morale, comme lorsque nous étions enfants. Vous ne pouvez la garder.

— Elle est officiellement ma fille, je l'ai adoptée.

— Vous n'aviez pas le droit !

— Pas le droit ! » Jamet étouffait d'indignation. « Pas le droit ! »

Enfin, se reprenant, il raisonna :

« Gilles, tentez d'être honnête avec vous-même. Si elle était allée vous voir, qu'auriez-vous fait ? »

Gilles parut soudain s'effondrer. Sa voix s'affaiblit. Il dit encore :

« Vous l'avez trompée.

— Non, je ne l'ai simplement pas détrompée. »

Gilles semblait maintenant respirer avec difficulté.

« Rendez-la-moi, dit-il, je n'ai plus qu'elle. Vous savez que ma fille, ma seule et unique fille, m'a bravé. Elle est partie... Je la maudis. Je la déshérite !

— Ne dites pas cela, Gilles, vous ne pouvez pas. C'est votre intransigeance qui vous a mené à cette situation, le goût de la richesse et des honneurs, des titres. Ne reprochez pas à Béatrice de ne point vous ressembler.

— Rendez-moi celle-ci, je ferai sa fortune.

— Décidément, mon frère, vous ne comprenez donc rien. Croyez-vous que chacun ne vive que pour l'argent ? Et de quel droit vous raccrocheriez-vous à elle aujourd'hui, sous prétexte que vous n'avez plus votre fille ? Qu'auriez-vous fait d'elle quand elle est arrivée, que vous étiez dans vos rêves, à nourrir des projets grandioses de mariage ! Hélas ! je ne sais que trop ce que vous auriez fait... je ne le sais que trop... C'est pourquoi je me suis tu. Simplement tu.

— Et comment, dites-moi, est-elle arrivée jusqu'ici ? Quelles manigances avez-vous...

— Suffit, mon frère. Nulle manigance. Je ne savais même pas son existence.

— Alors ?

— Elle a frappé à ma porte. Elle m'a dit qu'elle était ma petite-fille.

— Pourquoi l'a-t-elle cru ?

— Tiens... voilà un problème qui ne vous souciait pas beaucoup il y a fort peu de temps... Si j'ai bien compris, son père lui a dit qu'elle était la petite-fille de messire Boisguérin, le miseur. J'ai supposé que, lorsque son père a réussi à mener à terme ses recherches de paternité, c'est vous qui étiez miseur de cette ville, et non moi.

— Oui..., souffla Gilles. C'était il y a deux ans.

— ... Vous le saviez ?

— Naturellement. Il m'a écrit à plusieurs reprises, et il y a encore peu de mois.

— Ainsi, souffla le miseur d'une voix suffoquée,

Philippa avait raison, son père vous avait annoncé sa visite...

— Je ne pouvais le recevoir, comprenez-moi, s'énerva Gilles. Vous vous rendez compte s'il avait fait du scandale !

— Il vous menaçait ?

— Non... non.

— Il demandait quelque chose ?

— Rien, je crois. Il voulait juste me connaître, mais il m'était évidemment impossible de le recevoir. Tout Rennes eût été immédiatement au courant, quoi qu'on fasse... Imaginez de plus qu'il me ressemblât. Non... en un temps différent, je ne dis pas, mais je négociais un bon mariage pour ma fille... Enfin, je ne pouvais prendre de risques, c'est tout de même facile à comprendre ! »

Jamet se tint un moment coi, avant de demander :

« Que signifie "il était impossible", "je ne pouvais prendre de risques"... Voulez-vous dire que vous avez fait quelque chose pour qu'il n'arrive pas ?

— J'ai... » Il gémit. « Oh ! j'ai payé quelques larrons pour l'arrêter.

— L'arrêter ?

— Oui, juste le dissuader de venir, qu'il rebrousse chemin.

— Des bandits pour l'arrêter ? ... Et de quelle manière croyiez-vous qu'ils allaient l'arrêter ?

— En lui faisant peur, juste en lui faisant peur.

— Vous êtes un ignoble personnage... ou un naïf, ce que je ne crois pas. J'avoue que l'idée folle m'avait un instant effleuré que vous fussiez pour quelque chose dans cette mort. Mais je ne voulais pas le croire. Je ne voulais pas le croire... »

Un long moment, on n'entendit plus rien. Philippa se sentait toute glacée. Lucasse lui appuyait le visage contre sa poitrine, lui caressant les épaules comme on fait pour un petit enfant.

« Comme j'ai bien fait, dit le miseur d'une voix blanche, de ne pas envoyer Philippa chez vous ! C'est encore pire que ce que je craignais.

— J'en ai un cuisant remords. Je veux réparer. Je vais prendre la petite avec moi.

— Allez-vous-en maintenant, dit Jamet sourdement. Vous abîmez tout ce que vous touchez. Vous ne la détruirez pas comme vous avez détruit Guillemette.

— Guillemette... nous y voilà. »

La voix de Gilles reprenait du souffle, aigre, et qui se cassait par moments.

« Vous avez toujours été jaloux de moi.

— Je l'aimais..., dit Jamet.

— Vous l'aimiez, soit, mais elle ne vous aimait pas. C'est moi qu'elle aimait.

— Je le sais.

— Si vous l'aimiez tant, il fallait l'épouser quand

je l'ai écartée... mais alors vous n'en vouliez plus, hein !

— Mon pauvre Gilles, soupira la voix fatiguée de Jamet, vous ne comprendrez jamais rien... Comment me serais-je détourné de Guillemette ? Elle était très amoureuse de vous, c'est tout. L'amour ne se commande pas. Vous lui aviez promis de l'épouser...

— Allais-je épouser une fille de bonnetier ?

— Ah non, bien sûr ! Il vous fallait une fille de la noblesse ! ... Moi, je l'aurais épousée, Gilles. Elle attendait un enfant de vous ? Je l'aurais élevé comme le mien... Mais elle n'a pas voulu. Elle avait trop de fierté. »

La voix de Jamet sembla se briser. Philippa sentait qu'il pleurait et les larmes l'étouffèrent à son tour.

« Allez-vous-en, Gilles, il est trop tard pour tout.

— Vous en prenez bien à votre aise, mon frère, et croyez ce qui vous arrange. Je vous dénie le droit de parler au nom de ma petite-fille. Philippa était à vous, Guillemette est mienne. J'exige de lui parler.

— Pour lui dire quoi ?

— La vérité. Je la reconnais pour ma petite-fille. Elle héritera de tous mes biens. De tous mes biens ! J'irai en justice, s'il le faut.

— Calmez-vous, Gilles. Est-ce que vous voyez bien clairement toute la situation ?

— Je vous en supplie, mon frère. Cette petite est ma dernière chance de racheter le mal que j'ai fait.

— Si vous voulez vous racheter, réconciliez-vous avec votre fille Béatrice. »

Gilles se redressa, l'œil mauvais :

« Vous n'avez pas à me juger. J'exige de voir Guillemette. Elle saura où est son devoir. »

Il bondit vers la porte de la cuisine. Jamet l'arrêta alors qu'il avait la main sur le loquet. Plein de fureur, Gilles se mit à crier :

« Guillemette ! Venez avec moi. Sinon vous n'aurez rien. Rien de ma fortune. Rien, vous m'entendez !

— Vous devenez fou, chuchota Jamet.

— Je léguerai tout aux œuvres. Tout ! Vous m'entendez, Guillemette ? Je léguerai tout aux œuvres ! »

Un long moment passa. Gilles fixait la porte avec férocité. Enfin le battant s'ouvrit lentement et Philippa s'encadra dans l'ouverture, bien droite, le visage grave et résolu.

« Faites-le, dit-elle. Pour le salut de votre âme. »

*

« Il ne reste presque pas de cire, dit Lucasse, et le savon noir a bien diminué.

— Je vais envoyer Estienne en chercher. N'est-il point encore arrivé ?

— Ma foi non, mais sa jambe l'empêche de marcher bien vite… Ne soyez pas si nerveux, messire Jamet, je ne doute pas un seul instant que… »

Lucasse se tut. Philippa descendait l'escalier. Le miseur et sa servante se retournèrent d'un même mouvement.

« Ah ! Petite ! » bredouilla le miseur.

Pendant un moment, il ne put rien ajouter, puis il se racla la gorge et dit :

« Avez-vous pu réfléchir ?

— J'ai dormi, dit la jeune fille, je n'ai nul besoin de réfléchir. Tout le monde ne sait-il pas parfaitement que je m'appelle Philippa et que je suis votre fille adoptive ? »

Sans mot dire, le miseur la serra dans ses bras.

« Moi, j'ai réfléchi, reprit-il enfin. Le mensonge n'est jamais bon ni facile à soutenir. Nous n'avons plus rien à redouter de Gilles, qui n'a aucun intérêt à ce que quelqu'un mette le nez dans cette affaire. Je rectifierai donc auprès de la confrérie des Merciers mon histoire, en disant que je l'ai inventée pour n'avoir pas à parler de Guillemette Landais, que tout le monde ici connaissait, mais dont personne ne savait qu'elle attendait un enfant. »

Lucasse s'inquiéta :

« Direz-vous de qui était l'enfant ?

— Je le dirai : c'était le mien.

— Et c'est cela que vous appelez la vérité ? Moi, je le nomme mensonge.

— Si léger, Lucasse. Si léger. Et puis... j'aurais tant voulu que cet enfant soit le mien. Le Ciel dans sa bonté m'en a donné un autre à la place.

— Mais, protesta Philippa, alors on croira que vous avez abandonné ma grand-mère !

— Quelle importance ! ... Ce n'est rien au regard de pouvoir vous appeler avec fierté ma petite-fille. Et puis c'est une si vieille histoire, j'étais si jeune alors... Laissez-moi cette joie, Philippa... ou Guillemette ? interrogea-t-il du regard.

— Guillemette était ma grand-mère, moi je me suis bien habituée à Philippa. »

« Il fait beau ! » lança Estienne en entrant par l'arrière-boutique.

Il paraissait si gai que tout le monde en fut surpris.

« J'ai rapporté de la cire, continua-t-il en déposant une boîte sur le comptoir. J'ai vu qu'il en manquait. J'ai pris de la cire bretonne : elle est très bonne, et il y a moins de frais de transport. »

De son autre main, en même temps que sa béquille, il tenait un paquet énorme, qui pendait jusqu'au sol.

« Eh bien ! s'étonna Jamet Boisguérin, voilà une excellente initiative. Deviendriez-vous un vrai mercier ?

— Oh ! j'ai encore deux ans d'apprentissage, mais vous verrez, je ne vous ferai pas honte. Il faut que j'apprenne à distinguer les qualités, à savoir peser et regarder.

— Vous voilà donc bien résolu ! commenta le miseur avec amusement.

— Je me suis décidé... Mais pas à prendre la succession de mon père.

— Vous rêvez toujours d'acheter un navire ?

— Acheter un navire ? Non, je ne crois pas. D'abord, je finis mon apprentissage, je demande mon admission dans la confrérie des Merciers, je prête le serment et paie mes douze livres de cire. Et là, je me mets en relation avec les propriétaires de tous les plus beaux navires. Ils ont besoin de connaisseurs, capables de choisir un lot de bon coton et de discerner la pureté d'un métal. »

Il paraissait si heureux que l'atmosphère de la boutique se détendit d'un coup.

« J'ai apporté ceci, reprit-il en hissant son gros paquet jusqu'au comptoir. C'est pour Philippa.

— Pour moi ?

— Oui, ouvrez ! »

Philippa déroula avec précaution le chiffon d'emballage et découvrit une grande cage d'osier. À l'intérieur...

« C'est... une hermine !

— Pour l'instant, elle est rousse, mais vous verrez : à l'hiver elle deviendra toute blanche, sauf le bout de la queue qui restera noir. Blanche et noire, comme sur l'emblème de notre duché.

— Oh ! Estienne ! Elle est magnifique.

— Vous l'apprivoiserez sans peine », dit encore Estienne.

Il eut un bref sourire et finit :

« Vous savez apprivoiser. »

Ils se penchèrent tous deux sur la cage pour observer la petite bête qui tournait en rond en leur lançant des regards craintifs.

« Allons, dit maître Jamet, il est peut-être temps d'ouvrir la boutique ? »

Dans

LES PORTES DE VANNES

nous retrouvons Philippa. Quatre années se sont passés. Elle attend le retour d'Estienne, dont le bateau vient d'accoster à Nantes.

« Pour l'éditeur, le principe est d'utiliser des papiers composés de fibres naturelles, renouvelables, recyclables et fabriquées à partir de bois issus de forêts qui adoptent un système d'aménagement durable. En outre, l'éditeur attend de ses fournisseurs de papier qu'ils s'inscrivent dans une démarche de certification environnementale reconnue. »

Édité par la Librairie Générale Française - LPJ
(58 rue Jean Bleuzen, 92178 Vanves Cedex)

Composition Jouve
Achevé d'imprimer en France par CPI (2030831)
Dépôt légal 1re publication janvier 2015
81.8897.4/03 - ISBN : 978-2-01-220214-6
Loi n° 49-956 du 16 juillet 1949 sur les publications destinées à la jeunesse
Dépôt légal : août 2017

TABLE